LAURENT DE BUSTOS

1900
L'ACTE ULTIME...

Un sursis

J'ai demandé à la terre un autre univers

J'ai demandé à la vie juste un sursis

J'ai demandé à la mort d'attendre un peu encore

Ce n'est pas l'heure

Celle de changer le temps dans un monde sans couleurs
balayé par les vents

Sans un monde sans soleil peuplé de nuages noirs d'où jamais
on se relève chaque effort est désespoir

J'ai demandé à l'amour un autre tour

J'ai demandé à ton coeur d'être l'âme sœur

J'ai demandé un instant là je n'ai plus le temps

J'ai demandé peut-être trop

Trop...trop...trop....

Laurent de Bustos

Sommaire

1900...LE FEU, L'AMOUR ET LE SANG

LA SUITE....

NICOLAS, LE RECIT

Assis sur un rocher, face à sa prairie, il respire profondément, emplit ses poumons d'air pur, un air parfumé par toutes ces fleurs qui colorent l'étendue d'herbe. Nicolas repense à tous ces moments d'horreurs où l'air sentait la mort, où les fleurs étaient des cadavres décharnés, ou hurlants de douleur, des cris déchirants le silence absolu entre deux salves de canon...Il se sent, malgré son retour auprès des siens et la fin de la guerre, comme un être meurtri, avec une plaie dans le cœur qui ne se refermera jamais ! Tant d'amis perdus, même les êtres les plus chers à son cœur emportés par la maladie ou la folie.

La folie ! Cette maudite guerre en était une, les hommes de la chair à canon, les familles brisées, le pays à genoux, tout çà pourquoi se demande sans cesse Nicolas.

Il descend de son rocher et s'engage dans les hautes herbes parfumées qu'il caresse de la paume de ses mains, et il entend la nature qui lui parle, la faune qui lui chante toutes ces choses qui lui ont manqué pendant ces années de souffrance. Le soleil caresse sa peau il marche les yeux fermés, laissant le vent ébouriffer son épaisse chevelure, il marche com- me l'aurait fait un pauvre aveugle, perdu livré à lui-même, il est bien, il se sent libre, son cœur bat doucement, apaisé, il se laisse porter par l'ensemble apaisant de la nature.

Soudain il entend une petite voix qui l'appelle :

' Papa !! Papa !!!'

C'est Luc, un de ses petits jumeaux qui coure vers lui et lui saute dans les bras. Paul, l'autre fils de Nicolas le suit de près, il saute également sur son père qui bascule en arrière et les deux garçons entament une lutte avec leur papa. Des éclats de rires, des petits cris retentissent au milieu des hautes herbes. Nicolas lève la tête et aperçoit au loin sa jolie Clara, femme de sa vie et mère de ses deux enfants. Elle ne voit pas « ses hommes » dans ces hautes herbes et s'écrit :

'Nicolas, les enfants vous êtes où ?'

'Ici maman juste devant toi '.. lui lance Paul

Clara avance doucement en écartant le rideau d'herbe en se guidant à la voix des petits, elle ne voit pas les trois garçons, et soudain elle se retrouve plaquée au sol sur un lit de fleurs de toutes les couleurs, Nicolas est sur elle, elle éclate de rire, ils s'embrassent tendrement sous les regards moqueurs de leurs petits bambins.

Tellement de temps sans pouvoir passer des moments magiques avec son épouse, toute cette tendresse, cette affection qui leur ont manqué à chaque instant !

Nicolas est maintenant adossé à un gros chêne, assis au pied, sa femme est couchée le long de son corps, la tête sur son torse, les enfants jouent plus loin à cache cache dans les hautes herbes. Nicolas a le cœur lourd et Clara ressent que son mari a besoin de se livrer, besoin de parler pour vider son âme…

Clara l'invite à lui parler, Nicolas la serre contre lui, des larmes coulent sur ses joues, il ne veut pas que sa femme voit ça, un homme ça ne pleure pas se dit-il, puis il s'élance :

' Mon amour, il faut que tu saches que je n'ai pas fait que de ramasser les blessés, les morts, les morceaux qui jonchaient le sol rougit par le sang, mais j'ai été obligé de tuer aussi !

J'ai tué un soldat allemand quand j'étais prisonnier, je l'ai égorgé, je n'avais pas le choix mon amour, c'était le seul moyen pour m'évader. Cet homme avait peut-être comme moi une famille, une femme, des enfants...Dans un tel instant je n'ai pensé qu'à vous, seulement à vous et cette pensée m'a donné la force pour lui enlever la vie. Aujourd'hui, je me demande si les siens, s'il avait une famille, souffrent de son absence, c'est difficile à supporter, mais c'est la guerre, et je me dis que peut-être il aurait fait la même chose avec moi si la situation avait été inversée...Mais chaque nuit je revois son regard qui me suppliait quand ma lame ouvrait sa gorge de part en part, je revois le sang gicler sur ma main. Je ressens encore les soubresauts de son corps quand la vie le quittait doucement...'

Clara se hisse au niveau du visage de Nicolas, elle voit ses yeux larmoyants, elle dépose un tendre baiser sur la joue salée de son mari et lui dit d'une voix douce :

'Tu n'avais pas le choix mon amour, tu as fait çà pour ta liberté et pour nous aussi, car qui peut savoir comment ça aurait fini votre capture par les allemands. On a reçu des messages ici qui parlaient d'exécutions massives des prisonniers français, juste quand l'Allemagne venait de capituler ! Ils t'auraient peut-être exécuté aussi mon amour...'

Nicolas hoche la tête comme pour affirmer son accord avec Clara, mais ce n'est pas tout, il doit lui avouer une chose qui l'effraie, surtout peur de la réaction de Clara. Il prend une grande inspiration, et se lance dans un récit à l'issue incertaine :

'Mon amour il faut que je t'avoue une chose aussi... Pendant la guerre j'ai fait connaissance de deux hommes qui étaient mobilisés dans nos rangs, deux individus sans foi ni loi, cruels et sans principes. Le visage de ces hommes ne m'était pas inconnu, et un soir où suite à un bombardement, un bâtiment était en feu et ces hommes, au lieu d'aider à éteindre l'incendie, volaient des choses. J'ai revu alors la scène où mes parents ont péri dans cet incendie criminel, et j'ai reconnu les visages de ces deux hommes mon amour !! C'était eux !

Oui c'était bien eux, ceux qui avaient tué mes parents et brûlé ma maison !! Je les ai reconnus Clara, tu m'entends ??? C'était eux !! J'ai rien dit au départ, mais en moi montait un sentiment de justice et de vengeance, j'avais du mal à me contrôler !

Un jour de combat, l'un est mort, je l'ai achevé et l'autre pareil, sauf qu'avant de lui enfonce la baïonnette dans la bouche, il m'a avoué, après lui avoir dit qui j'étais, que c'était ce chien de Montrichard qui avait commandité l'assassinat de mes parents, tout ça pour les forcer à lui vendre leur terre, mais ces salauds ont été jusqu'à les tuer !!

La guerre finie, en rentrant je suis passé au château du Comte, j'ai beaucoup hésité, mais mon coeur me parlait, mes mains tremblaient, il fallait que je sache une chose que je connaissais déjà !! C'était plus fort que moi... Je suis entré dans le château, le Comte était assis dans un fauteuil. Son explication a été brève, comme s'il regrettait que ces hommes soient allés aussi loin dans leur mission et reprochait à mes parents leur entêtement à ne pas lui vendre leur terre. J'ai voulu l'exécuter mais ce vieillard m'a plus fait pitié qu'autre chose. En partant il a tenté de me tirer une balle dans le dos et je l'ai tué sur le coup d'une balle entre les deux yeux. Bizarrement je ne me suis pas senti soulagé, mais plutôt un sentiment de lassitude d'être et d'avoir été jour et nuit dans la mort, et encore aujourd'hui, la guerre finie, voir le sang gicler de sa tête, tout ça m'a procuré un véritable dégoût.

En partant, je suis tombé fasse à son fils Eric. Il a essayé de me tuer avec une arme, j'ai esquivé la balle et je l'ai abattu d'une balle en plein dans la poitrine !

Là mon amour, à cet instant j'ai éprouvé et je te le dis, une forme d'accomplissement, comme si la boucle était bouclée, mais il manquait quelque chose pour terminer. J'ai mis le feu au château, comme ils ont brûlé ma maison. Je ne suis pas fier de tout cela tu sais, mais maintenant la vie prend un nouveau chemin, et j'ai enterré à jamais mon passé mon amour !'

Après ce long récit, Clara qui ne l'a pas interrompu, reste devant Nicolas, ses yeux sont larmoyants aussi, elle pose sa main sur la joue de son homme, elle lui sourit tendrement, et lui glisse au creux de l'oreille :

'Comme tu le dis mon amour, la boucle est bouclée, refermes la porte du passé et oublies toute cette histoire, maintenant nous sommes réunis pour vivre une autre vie.. Je t'aime mon amour '

Clara enlace son mari, les enfants les rejoignent, ils partent ensemble les mains liées vers la maison, Nicolas a le coeur soulagé, il pense à ses parents, il regarde Clara, il lui sourit, elle lui sourit aussi...

LA RUMEUR

Clara est tellement heureuse d'avoir enfin retrouvé son époux, l'homme de sa vie, celui qui lui a donné ces merveilleux fils… Les jours passent et Nicolas a bien reprit le rythme de la ferme accompagné de ses fils et de son compagnon fidèle, son beau cheval, Bijou. Il avait oublié le plaisir de nourrir les bêtes, changer le foin, ratisser la grange et l'écurie...toutes ces corvées qui font de lui un fermier !

Les enfants Paul et Luc rentrent de l'école vêtus de leurs petites blouses grises, culottes courtes et petits bérets. Nicolas les salue à leur passage, ils courent vers la maison, ils sont affamés, et Clara leur a préparé un bon dîner. Ce midi c'est des épinards avec un bon poulet de la ferme bien rôti ! Nicolas entre dans la maison, les enfants viennent embrasser leur père. Ces moments-là ont tellement manqué à Nicolas pendant cette longue absence durant la guerre, ils les savourent maintenant pleinement. Il les serre très fort et tout le monde passe à table pour un festin familial, Jacquotte, la mère de Clara qui vient de rentrer des champs voisins s'installe avec tout le monde...

La famille mange, le silence est roi à table, quand quelqu'un toque à la porte… Luc se précipite et ouvre la porte, il se retourne vers ses parents et s'écrit :

'Papa maman c'est monsieur Duchemin le facteur !' 'Fais-le entrer ' s'écrie Clara.

Duchemin est un vieux de la vieille, il connaît la famille Vaillant depuis longtemps, il connaissait également les parents de Nicolas, c'est un très bon ami de Jacquotte. 'Bonjour Hubert' s'écrie Jacquotte.

'Tu boirais bien un petit verre de vin avec nous mon vieil ami ?!! '

Le vieux facteur qui ne crache pas sur le succulent vin de la région acquiesce et s'assoit sur la chaise tendue par Nicolas. Jacquotte est très heureuse de voir son ami d'enfance qui lui avait fait la cour avant qu'elle ne tombe amoureuse de son défunt mari Lucien. Ils se remémorent des anecdotes les plus folles les unes que les autres, faisant éclater de rire l'assemblée. Un verre suit l'autre et notre ami Hubert Duchemin commence à bafouiller légèrement, et à buter sur certaines voyelles plus difficiles que les autres !

Soudain, Hubert changea de ton et son visage plutôt joyeux s'assombrit, ce qui surpris Jacquotte. Hubert se tourna vers Nicolas, l'air grave et préoccupé, il s'approcha très près de lui et en le fixant droit dans les yeux, l'haleine fortement alcoolisée, il lui dit :

'Tu sais petit comme j'aimais tes parents, de très bonnes personnes, et toi je t'ai vu grandir et devenir un homme. C'est de mon devoir de t'informer de ce qu'il se dit au village depuis ton retour ! '

Nicolas fronce les sourcils interrogatif, et regarde Clara. 'Parle Hubert, que se passe-t-il au village ?'

Hubert saisit son verre à moitié plein et le vide d'un coup d'un seul, comme pour se donner du courage, il s'élance :

'Et bien ce matin, je suis passé à la taverne de « La vieille chaumière » déposer une missive pour le patron, et comme d'habitude, il m'a gentiment offert un 'canon', le verre de l'amitié quoi ! J'étais au comptoir, dos à une tablée d'anciens et il y avait même l'officier Henri avec eux. Ils parlaient de la fin de la guerre, du retour des hommes au village et ils sont venus à parler du tien, de ton retour !! '

Hubert s'arrêta un instant, il regarda son verre vide, comme pour réclamer du carburant pour pouvoir continuer son discours et terminer son histoire bien mystérieuse. Nicolas remplit le verre de vin rouge, et le facteur le vida à moitié et reprit son récit :

'Ils ont trouvé bizarre quand même que ton retour au pays coïncide avec l'incendie du château du Comte sachant l'histoire qu'il y avait eu entre tes pauvres défunts parents et lui ! La mort du Comte est suspecte puisqu'il a reçu une balle dans la tête !

Il y a Edouard qui a même parlé de vengeance de ta part, mais l'officier Henri a dit qu'on accusait pas les gens sans preuve ! La rumeur commence à gagner le village Nicolas, je voulais t'en informer ! '

'Merci Hubert c'est très gentil de ta part, ça me touche que tu ais aimé mes parents ainsi, et je me doutais bien que dans un petit village comme le nôtre, il y aurait des rumeurs qui fuseraient, c'est de bonne guerre si je puis dire !'. Répondit Nicolas.

Ce qui préoccupait Nicolas n'était pas cette rumeur logique, mais surtout le fait que Duchemin n'ait pas parlé du fils du Comte, lui-même abattu ! Il a mentionné le père mort d'une balle dans la tête, mais pas le fils ! Pourquoi ? Nicolas est sûr de lui avoir mis une balle en pleine poitrine, et leu feu aurait dû également venir à bout du corps qui gisait au sol.

Hubert Duchemin se leva tant bien que mal, légèrement titubant, il remit sa vieille casquette de facteur toute usée par le temps, il embrassa son amour d'enfance, Jacquotte la bien nommée, salua tout le monde et repris difficilement sa tournée. Il disparut au coin du chemin, Nicolas était sur le palier de la maison, l'air songeur, et toujours cette interrogation dans la tête au sujet du fils du Comte, le dénommé Eric.

Il reprit après toutes ces péripéties le chemin de la grange car il n'avait toujours pas fini sa besogne. Les enfants reprirent le chemin de l'école, elle n'était pas très loin de l'entrée du village. Clara ne les quittant pas du regard jusqu'au coin du chemin, se dirigea ensuite vers la grange où son mari travaillait. Elle entra et s'approcha de lui. Il était appuyé contre un poteau, et il sourit à Clara qui se blottit dans ses bras tendrement. Elle sentait le cœur de son idylle battre très fort comme si une émotion galvanisait tout son être. Elle releva doucement la tête vers lui et lui dit :

' Cà va mon amour ? Tu penses à ce que le facteur t'a dit ? Tu sais, il avait pas mal bu quand même, et il a peut-être exagéré aussi !'

'Non Clara, Hubert était éméché, c'est certain, mais il a dit la vérité, j'en suis sûr et de toute façon je m'en doutais un peu que des questions se poseraient dans le village, surtout à « la vieille chaumière » ! De toute façon ils n'ont aucune preuves, personne n'était là, ils ne peuvent pas m'accuser !'

Nicolas repris son travail et Clara retourna à la maison à ses occupations, un tas de vaisselle l'attendait. Elle était inquiète elle aussi...Et si ils arrivaient à prouver que Nicolas est bien celui qui a éliminé les Châtelains, que se passerait-il ? Il partirait sûrement au bagne !

L'après-midi se passa dans le silence et le labeur quand un homme arriva à cheval dans la cour de la ferme. Clara sortit sur le palier pour voir qui venait là, et son cœur se mit à battre violemment quand elle reconnut l'officier de Gendarmerie Henri. Que venait-il faire ici ? Etait-ce pour Nicolas ? Quelqu'un aurait-il témoigné ? Quelqu'un l'aurait vu ?

Toutes ces questions se bousculent dans sa tête, elle s'appuie contre le montant de la porte car elle sent ses jambes flageoler, et sa vue se troubler, elle a peur. Malgré tout elle reprend son souffle, se redresse, et s'écrit :

' Bonjour monsieur l'officier, quel bon vent vous emmène ici ?'

Il la regarde un instant puis regarde à droite à gauche, comme s'il recherchait quelqu'un de particuliers, il cherche Nicolas !

'Bonjour Madame, Votre mari est-il là ?' 'Il est dans la grange' s'exclame-t-elle.

Au même moment, Nicolas arrive, l'air paisible et sûr de lui. 'Bonjour officier Henri, que puis-je pour vous ?'

L'officier perché sur son cheval le regarde de haut, il s'approche de lui, et lui tend un courrier. 'Vous êtes convoqué demain matin neuf heures à la gendarmerie, j'aurais quelques questions à vous poser monsieur Delamotte !'

Nicolas regarde la convocation et s'aperçoit qu'aucun motif n'apparaît dessus. 'C'est à quel sujet officier ?'

Ce dernier en faisant pivoter sa monture lui lâche sèchement :

'Je ne puis rien dire pour l'instant vous en saurez plus demain matin. Mes respects messieurs dames !'

Il prit le chemin au petit trop comme pour échapper aux questions pressantes de Nicolas qui le regardait partir au loin. Il se retourna vers Clara, laquelle dépitée, s'assit sur le banc sous la fenêtre de la cuisine, ses deux mains entre ses genoux serrés, et son regard perdu dans le vide. Nicolas s'approcha d'elle, il mit sa main sur son épaule, glissa sur son cou, et il tenta de la rassurer :

'N'aies pas peur, il ne peut rien contre moi, il n'a aucune preuve je t'ai déjà dit ! Je pense que ce qu'il s'est passé ce matin à la taverne y est pour beaucoup, et l'officier veut en avoir le coeur net ! Ne t'inquiète pas j'irais demain matin à la gendarmerie régler tout ça et tout rentrera dans l'ordre.'

Ils entrèrent dans la maison boire un café, Clara en avait besoin et son homme continua à la rassurer malgré cette hantise. La journée se terminait, les enfants arrivèrent, Jacquotte également, le repas du soir se déroula dans une atmosphère étrange…

L'INTERROGATOIRE

Sept heures du matin, Nicolas sort de la maison après avoir bu un énorme bol de café et s'être enfilé du bon pain brioché fait par Clara la veille. Il se dirige vers l'écurie,

ouvre la grande porte et libère son bon vieux Bijou, fidèle cheval complice de toutes ses épopées au front ! Bijou s'élance dans la cour et regagne le pré, dans lequel il se dégourdit les pattes à coup de petits sauts et pas chassés à l'arrière. Nicolas s'appuie sur la clôture en rondins de bois, et regarde son bel animal. Il prend tellement de plaisir à le voir évoluer comme ça, c'est un véritable spectacle auquel il assiste chaque matin !

Il laisse Bijou à ses acrobaties, et part s'occuper des autres bêtes de la ferme, qu'il doit nourrir, et tout cela avant de partir pour son rendez-vous avec l'officier de Gendarmerie Henri. Nicolas est confiant sur l'interrogatoire à venir, il est certain qu'aucun témoin n'a assisté à la scène, et après tout qui peut savoir qu'il y a bien été voir le Comte ce jour-là ! Il termine ses corvées du matin, il n'est pas en retard comme d'habitude, Nicolas tient de Lucien, son père adoptif, qui lui a appris que l'avenir appartenait à ceux qui se lèvent tôt. Il revient à la maison, Clara est levée, elle prépare son petit déjeuner, les enfants dorment toujours car ils n'ont pas d'école aujourd'hui et Jacquotte est déjà partie travailler à la ferme des Simon, famille voisine dont la veuve, son mari étant mort au front, emploie la mère pour arriver à faire tourner l'exploitation. Clara est assise, elle boit son bol de lait chaud, et regarde Nicolas qui enfile sa veste propre et chausse ses souliers de cuir noir.

Il sait que Clara est très inquiète, et il lui fait son plus beau sourire en ouvrant la porte et lui dit :

'Ne t'inquiète pas mon amour, je serais bientôt de retour, tout va bien se passer, ils n'ont rien de rien contre moi ! Et puis après tout je suis un héros de guerre, on doit nous respecter, pas vrai ?'

Clara pose son bol et s'essuie délicatement la bouche avec la serviette, elle se redresse, se dirige vers son mari, prend le visage de Nicolas entre ses mains, ses yeux amoureux plongent dans les siens et elle lui :

'Que Le Seigneur t'accompagne mon amour, même dans le mensonge, et reviens moi vite'

Nicolas referme la porte et prend la route du village, il en a pour trente minutes environ, il est huit heures quinze, il sera comme d'habitude en avance.

Durant le chemin, Nicolas anticipe les questions qui pourront lui être posées, il sait que l'officier est un vieux roublard, et qu'il va essayer de le piéger. Nicolas s'attend à tout avec ce gens d'individu ! Nicolas aperçoit bientôt le clocher du village, ce qui veut dire que la gendarmerie n'est plus très loin maintenant.

Il arrive légèrement en avance et croise devant l'entrée son amie d'enfance Maryse, qui habitait à côté de ses parents. Elle n'a pas changé, toujours aussi jolie se dit-il, son sourire charmeur bordé de jolies fossettes. Elle reconnaît Nicolas, elle s'approche de lui et s'écrit :

'Bonjour Nicolas ! Tu me reconnais ? '

Nicolas lui répond par un large sourire qui veut dire oui.

'Je ne t'ai plus revu depuis l'incendie chez tes parents ! Cà fait si longtemps, je n'arrive même plus à compter les années…Que fais-tu ici ? Tu allais à la gendarmerie ? ' Nicolas lui répond aussitôt :

'Oui j'ai rendez-vous avec Henri !'

'C'est pour la rumeur j'imagine...Ne fais pas attention, tout est parti d'une tablée d'ivrognes à la vieille chaumière et ensuite les mauvaises langues du village on fait le reste ! Ici les gens sont aigris par la guerre et tout le monde parle sur tout le monde !'

Nicolas sourit à son amie Maryse :

«'Ne t'inquiètes pas pour ça, j'ai connu bien pire pendant quatre longues années de mort et d'horreur ! J'espère ne pas en avoir pour longtemps, tu veux qu'on se retrouve à la taverne devant un bon café, histoire de se rappeler les souvenirs d'autant ?'

Maryse donne son accord à Nicolas et celui pousse la porte du bâtiment public et entre le pas sûr.

A l'accueil derrière un comptoir se trouve un gendarme que Nicolas n'avait jamais vu, il lève la tête, dévisage le convoqué, et s'écrit :

'Monsieur Delamotte j'imagine !'

'Vous imaginez bien brigadier. ' lui répond Nicolas,

'L'Officier Henri vous attend, toquez à la porte au fond du couloir et entrez.'

Nicolas s'exécute et n'attend même pas l'ordre d'entrer de l'Officier pour pousser la porte. Il entre dans un grand bureau derrière celui-ci est assis Henri, lequel le regarde et lui propose de s'asseoir en face de lui. Nicolas se pose tranquillement sur la chaise pendant qu'Henri lui, trifouille un tas de feuilles, cherchant ses notes, sûrement les questions du jour…

Il relève la tête, regarde Nicolas dans les yeux et s'écrit :

'Après votre père Lucien, vous voilà devant moi monsieur Delamotte, et ce qui est marrant, entre guillemets, c'est que le motif est quasiment similaire ! Il y a des années votre père adoptif accusait les Montrichard d'avoir organisé la mort de vos parents et l'incendie de leur maison, et aujourd'hui, si je vous convoque c'est pour éclaircir cette situation sur cette insistante rumeur dont, j'imagine, vous avez eu écho ! '

Nicolas a pris les paroles d'Henri comme un coup de poignard dans le coeur, le souvenir de son père adoptif bataillant pour lui, et le rappel du complot des châtelains contre ses pauvres parents qui y ont laissé leur peau...Il regarde Henri un instant et lui dit :

'Vous savez Officier Henri, tous ceux qui vomissent sur moi aujourd'hui, sont ceux qui étaient planqués dans leurs fermes, pendant que je me battais au front, au milieu des cadavres et de la mort permanente. Je me suis battu pour leur liberté, ainsi que la vôtre Officier, et le remerciement maintenant c'est cette horrible rumeur !'

Henri reste sans voix, il comprend Nicolas, il sait ce qu'il a enduré là-bas au front, il était par sa fonction au courant de tout ! Il tient à lui rappeler tout de même :

'Comprenez Delamotte qu'il y a une étrange coïncidence entre votre retour et le drame du château ! On peut comprendre la rumeur, vu votre conflit avec eux...'

'Le drame du château Officier !!!?? Et le drame de mes parents vous l'avez déjà oublié ? Cette histoire n'a jamais été éclairci par les forces de l'ordre, l'enquête a même été bâclé très vite ! Je ne vous reproche rien Officier, mais je pense que tout n'a pas été fait comme il se devait...'

L'officier Henri baisse la tête, il sait que Nicolas a raison, la justice à deux vitesses comme ils disent...Comment accuser un puissant, et face à un paysan le procès bascule vite.

Nicolas reste silencieux pendant qu'Henri, le nez dans ses papiers, perdu dans ses dires, referme le dossier et s'exclame :

'Bon Delamotte, j'en ai fini avec vous, si j'ai besoin d'informations complémentaires je reviendrais vers vous bien sûr !'

Nicolas se lève, range la chaise sous le bureau, l'officier fait le tour et lui ouvre la porte.

Il regarde Nicolas, lui sert fortement la main et lui souhaitant une bonne journée.

Nicolas prend le couloir, passe devant l'accueil, salue le brigadier et ouvre la lourde porte de la gendarmerie et sort dans la courette avant la rue. Il prend une grande bouffée d'air frais qui remplit ses poumons, puis expire doucement comme pour calmer une tension interne qui l'oppresse. Il remarque du coin de l'œil, à la fenêtre, le visage de l'Officier Henri qui le regarde. L'expression de son visage n'est pas sereine du tout, et Nicolas a le pressentiment qu'on ne lui raconte pas tout !

Il prend le chemin de la ferme quand soudain :

'Bon sang ! Où avais-je la tête j'allais oublier Maryse à la taverne '…

Il fait demi-tour et se dirige d'un pas pressé rejoindre son amie qui l'attend depuis près d'une heure.

Il arrive à la Vieille Chaumière, il entre, salue le patron et rejoint Maryse attablée devant un café bien chaud, il prend la même chose, et ils entament la discussion entourés de clients « écoutant aux portes ».

LE SECRET DE MARYSE

Nicolas regarde Maryse avec affection, il a tellement de souvenirs qui reviennent dans sa tête quand il est avec elle. Combien de fois ils se sont retrouvés tous les deux au bord de la rivière à pêcher, se baigner, s'amuser à naviguer sur de vieux troncs d'arbre que le temps avait fait tomber !

Elle n'a pas changé se dit Nicolas, elle a toujours son visage d'enfant, et son joli sourire malicieux et ses yeux brillants. Elle rougit quand Nicolas lui rappelle tous ces souvenirs d'antan, elle, qui était tant amoureuse du petit Nicolas Delamotte, et qui l'a vu partir loin d'elle lorsque la maison fut incendiée et ses parents disparurent dans le drame.

Maryse connaît la vie de Nicolas, elle sait qu'il est marié à Clara, et qu'il a deux enfants maintenant. La vie est passée si vite se dit elle, et la guerre n'a pas arrangé les choses ! Elle avait son chéri à elle, il s'appelait Alban, il est parti aussi au front, mais contrairement à Nicolas, il n'en ai pas revenu...

Cette entrevue nourrie de souvenirs, d'anecdotes, et de nouvelles fraîches s'éternise, Nicolas sait qu'il a promis à sa femme de faire vite, mais ça fait tellement longtemps qu'il n'a pas vu Maryse, qu'il s'accorde encore du temps pour profiter de son amie.

Au bout d'un certain temps, Maryse change de conversation, ce qui ne surprend pas Nicolas qui voyait cette discussion arriver...Maryse lui demande :

'Dis-moi, comment ça s'est passé avec le gendarme Henri ? J'imagine qu'il t'a interrogé sur cette maudite rumeur et cette catastrophe au château ! '

Nicolas a confiance en Maryse, depuis tout petit ils se sont confiés tellement de secrets qu'il peut lui parler sans problèmes. Leurs parents étaient voisins et partageaient souvent des repas champêtres dans leur grandes cours respectives, l'amitié sincère était reine.

Nicolas se rapproche doucement de son amie, les oreilles indiscrètes se tendent autour d'eux, il sait qu'il lui faut un maximum de discrétion vis à vis des commères du village. Maryse le regarde se rapprocher d'elle, ses yeux plongent dans les siens, elle a l'impression de revivre son premier baiser avec Nicolas il y a si longtemps...Elle se ressaisit et revient

à la raison, essaie de rester concentrée sur le sujet, et Nicolas commence son récit : 'L'officier Henri m'a convoqué ce matin pour la simple et bonne raison qu'il a été influencé par la bande d'imbéciles qu'il y a autour de nous actuellement et qu'il voulait avoir plus de précisions sur mon retour et l'incendie du château ! Je comprends qu'il ait fait le rapprochement des deux situations, j'aurais sûrement réagi pareil à sa place...' Nicolas a confiance en Maryse mais il se doit de bien garder la vérité sur cette histoire. Maryse l'écoute religieusement, et s'approche encore plus près de lui, elle lui chuchote quelques paroles qui déstabilisent Nicolas :

' Tu sais Nicolas, même si c'est toi qui a fait ça, et que tu ne veux pas me le dire, je te comprends, j'aurais sûrement fait la même chose si on avait assassiné mes parents de la sorte, cet homme véreux, brutal, haineux, avare et sadique voulait leur racheter le domaine et ils ont toujours refusé pour te laisser l'héritage, ils ont été courageux et ils l'ont payé de leur vie malheureusement ! Le comte mérite sa mort !'

Nicolas, comme pour le récit du facteur, ou celui de l'Officier, il remarque que personne ne parle de la mort du fils du Comte, ils ne nomment que le vieux vilain.

Il regarde Maryse et lui dit :

'J'avais cru entendre dire que le fils du comte, Eric, était décédé dans l'incendie ! Tu es au courant toi de cette histoire ?'

Maryse baisse les yeux, elle a l'air gênée, pas du tout à l'aise par rapport à la question de Nicolas. Il penche la tête sur le côté pour capter le regard de son amie qui le fuit visiblement. 'Que se passe-t-il Maryse ? Ça va pas ? Tu n'as pas l'air dans ton assiette !!' dit-il.

Maryse est devenue rouge écarlate, elle souffle sur sa frange qui cache son front, elle a un coup de chaud là, elle sait que Nicolas se doute de quelque chose. Peut-elle mentir à son ami d'enfance ? Il lui a fait confiance, elle se dit qu'elle n'a pas le droit de lui faire çà.

Nicolas lui saisit doucement la main comme l'aurait fait un prétendant, elle sent la chaleur qui se diffuse en elle, et elle relève doucement la tête. Nicolas lui sourit gentiment, la même expression du visage qu'avant se dit elle… Elle est gênée mais elle se lance :

'Nicolas, je ne peux pas te cacher cela car tu es plus que mon ami d'enfance tu sais, et je me dois d'être honnête avec toi, mais s'il te plaît n'en parles à personne autour de toi, je veux que tu me fasses la promesse que ça restera notre secret à tous les deux. !' Nicolas lui donne sa parole, et elle continue :

'Il y a quelques jours, trois hommes à cheval sont venus au village, ils ont écumé chaque maison, chaque ferme, ils ont passé un terrible message et prononcé des menaces. Les villageois sont traumatisés par ces hommes en noir, ils étaient armés jusqu'aux dents, et ils ne plaisantaient pas ! '

Nicolas s'attendait à tout sauf à ça, il est vraiment étonné mais ne comprend pas tout dans ce récit entrecoupé d'essoufflement de la part de Maryse, comme si un stress intense commençait à l'envahir.

'Calmes toi Maryse, reprends ton souffle tranquillement, je te sens très tendue… !'

Maryse avant de recommencer son récit, elle regarde à droite, à gauche, elle jette même un œil par la fenêtre…

'Mais que t'arrive-t-il ? ' dit Nicolas stupéfait de voir son amie ainsi. ' Ils voulaient quoi ces hommes en fait ?' s'interroge Nicolas…

Maryse s'attendait à cette question, elle était logique puisqu'elle avait ouvert l'intrigue, il fallait qu'elle finisse son histoire. La confiance aveugle pour son amour d'enfance lui donna le courage de continuer malgré sa peur visible…

'Ici tout le monde savait que le fils du Comte, Eric, avait survécu à tout cela, mais il ne fallait pas que toi tu le saches, on devait tous te tenir au secret..Ne me demandes pas pourquoi Nicolas, on ne le sait pas ! Même Henri a été approché et même lui, la loi, obéi à ces hommes ! Ce sont les hommes du Comte Eric de Montrichard, ils ont dit qu'ils seraient impitoyables contre les « mouchards » ! J'ai peur Nicolas, je t'en supplie ne dis rien à personne, je ne veux pas avoir affaire à eux !'

La voix de Maryse tremblait, Nicolas la rassura, il lui prit les mains qu'il serra tendrement, et prononça ses mots :

'Ne t'inquiète pas Maryse, tu peux me faire confiance tu sais, je garde le secret pour moi, sois en sûre, mais sais-tu où se trouve le Comte actuellement ? '

'J'ai entendu dire qu'il vivait toujours au château, dans la partie qui n'a pas brûlé, et qu'après un long séjour aux Hôpitaux de Paris, il est revenu chez lui avec quelques hommes de mains qui lui sont fidèles, le même genre de types qui ont assassiné tes parents. Fais attention à toi Nicolas, s'ils veulent garder ce secret, c'est qu'ils préparent quelque chose, c'est sûr…' Nicolas sait que son amie a raison, et que ses doutes au sujet de l'absence d'Eric dans les conversations étaient fondés, il n'était pas mort ce salopard, il pensait vraiment l'avoir envoyé en enfer avec son père !

Maryse se leva, suivie de Nicolas, ils se dirigèrent vers la porte de la taverne sous les regards méfiants des clients, elle baissait la tête comme une condamnée à mort qui part à l'échafaud ! Une fois dehors, Nicolas rassura à nouveau Maryse sur son silence total, elle lui sourit, ils se firent une tendre et amicale accolade, et ils prirent chacun leur chemin respectif. Maryse promit à Nicolas qu'elle passerait manger avec eux pour faire connaissance de sa petite famille.

Le chemin parut très long à Nicolas, il repensait à tout ça, aux menaces des hommes de ce chacal d'Eric, du coup qui se préparait sûrement contre lui et peut être même contre sa famille… Il y avait danger là se disait-il ! Il ne pouvait pas mettre en danger sa femme et ses enfants, sans oublier Jacquotte, sa belle-mère.

Il arriva chez lui, entra dans la maison, tout le monde l'attendait, on allait passer à table. Clara se tourna face à lui et dit :

'Alors mon amour, tu en as mis du temps ! Tu as l'air bien sombre…Ça s'est mal passé ou quoi ? '

Pour ne pas inquiéter sa famille, Nicolas s'approcha de l'oreille de sa femme et lui chuchota : 'Je t'expliquerais ça seul à seul s'il te plaît '

Pour le reste de la famille il leur adressa un large sourire, et dit avec entrain : 'J'ai une faim de loup…Si on passait à table !!!'

Un immense OUI de tous retentit dans la maison et tout le monde commença à manger…

LA DECISION

Il l'aimait sa campagne Nicolas, il aimait la regarder, écouter les oiseaux, sentir tous ces parfums...Il aimait se promener avec Clara sur les chemins de son enfance où chaque arbre chaque rocher lui rappelaient tant de choses enfouies dans sa mémoire, mais c'est comme si c'était hier...

Aujourd'hui, il est seul, il arpente au calme ce chemin rocailleux et sinueux, tracé entre des rochers et des arbres ou seul un homme et un cheval peuvent passer. Il est au calme, il en a besoin pour réfléchir à tout cela car Nicolas est perturbé par les révélations de son amie Maryse à la taverne. Il a tellement de questions qui lui trottent dans la tête depuis... Il s'assoie un instant face à la rivière qui coule paisiblement, et se pose ces questions :

- Est ce que ma famille est en danger ?

- Ai-je affaire à un pauvre fou perdu dans sa demeure qui ne fera rien ?

- Est-il capable du pire en ayant embauché des hommes de main ?

- Serait-il capable de nuire aux femmes et aux enfants ?

Nicolas se tient la tête entre les deux mains, il sait qu'il doit agir vite car quand on voit l'état de terreur de Maryse, on imagine les intentions d'un tel individu. Il se répète sans cesse qu'il faut qu'il écarte sa petite famille de la ferme pour un bon moment, car il ne veut pas leur faire prendre un risque dont il est le seul responsable ! Cette histoire ne regarde qu'Eric et lui-même, les autres membres de sa famille ne doivent pas devenir des victimes collatérales. Comment faire entendre à sa femme Clara qu'elle doit s'en aller le temps que cette histoire soit réglée, et laisser son mari seul face à une bande de bandits et un psychopathe assoiffé de vengeance. Nicolas sait qu'elle refusera, mais il doit tout essayer pour y arriver. Il reprend la route de la maison, son cœur est serré, il doit affronter la famille au complet car il veut mettre tout le monde à l'abri ! Comment faire comprendre tout çà à Clara surtout !

Il arrive devant la porte de la maison, il jette un rapide coup d'œil à l'intérieur par la fenêtre, tout le monde est là, assis à table, café et lait au menu. Nicolas entre et accroche sa veste derrière la porte, sur le même crochet où Lucien accrochait la sienne. Il regarde tout le monde calmement, il tire une chaise, s'assoit à côté de Clara. Il se sert un grand verre de lait car cette balade au grand air lui a donné soif à notre homme ! Les enfants sont étrange- ment calme, et Jacquotte est plongée dans la gazette du jour, seule Clara le regarde et d'une voix inquiète lui demande :

'Nicolas, tu ne m'as pas raconté comment c'était passé ton entretien avec l'Officier Henri ce matin ! Tu devais m'en parler mais tu es parti. Tu as l'air soucieux, que se passe-t-il mon amour ?'

Nicolas descend son verre de lait aussi vite que le facteur son verre de vin, il pose sèchement le verre sur l'épaisse table en chêne, le bruit fait sursauter Jacquotte et les enfants. Il a capté leur attention, et il prend la parole d'un ton grave et décidé :

'En effet ce matin je suis allé à ma convocation à la gendarmerie, j'ai parlé avec l'officier Henri, il m'a interrogé mais rien n'a été concluant, juste quelques petites questions sur mon retour du front et de l'incendie dramatique du château du Comte. Il m'a parlé également de la rumeur, celle dont le facteur m'avait mis en garde, mais bon, une rumeur disparaît souvent aussi vite qu'elle est venue ! '

Clara intervient :

'C'est tout Nicolas ? Je te connais, je te vois soucieux, je suis sûre qu'il y a autre chose que tu me cache là, je le ressens, il faut que tu nous parle !!'

Nicolas sait que sa femme le connaît sur le bout des ongles et qu'il ne peut pas lui cacher le secret que Maryse lui a confié ce matin. Il a confiance en sa famille, il sait bien que rien ne sortira de cette maison !

'Non, il y a autre chose dont il faut absolument que je vous parle ! J'ai retrouvé ce matin une amie d'enfance et je l'ai invité à boire un café à la taverne. Elle avait l'air extrêmement choquée et perturbée. Je l'ai rassuré et elle m'a avoué un secret dont je vous demanderais de bien garder pour l'instant, c'est pour la protéger elle, car on m'a vu parler avec elle à la taverne... elle pourrait être en danger ! '

Jacquotte, Clara et les enfants lèvent machinalement la main droite et postillonnent devant eux, s'ils avaient été dehors çà aurait été un bon crachat par terre, bonne vieille tradition pour jurer ! Nicolas peut continuer son récit :

'Elle m'a avoué que le Comte Eric était vivant, pourtant je l'avais cru mort et en enfer ! Il aurait échappé à l'incendie, et que ce salaud aurait envoyé des hommes à lui pour contraindre tous les villageois de me faire croire qu'il était mort dans l'incendie du château ! ' Clara ouvre des grands yeux interrogatifs et dit :

'Mais pourquoi, dans quel but ? '

Nicolas doit maintenant être convaincant pour faire entendre sa volonté d'envoyer la famille+ loin d'ici à l'abri :

'Il prépare un sale coup pour se venger, tu ne comprends pas ça ? Mais il se doute bien que je vais finir par l'apprendre et il agira contre moi, contre vous tous ! Il faut que vous partiez vous mettre à l'abri loin d'ici dans la famille car çà devient trop dangereux pour vous ! '

Clara pose sa main sur la sienne et la voix stressée lui dit :

'Mais ou veux-tu qu'on aille ? Et toi tu vas faire quoi ? Et la ferme ? '

Nicolas a eu le temps de réfléchir à tout cela car il s'attendait aux questions de sa femme ! 'J'ai réfléchi et il faut vous écarter assez loin que vous soyez hors d'atteinte, j'ai pensé chez ta tante Emilie à Sedan, vous serez avec Antoine, elle a une grande ferme et largement la place pour vous accueillir, c'est à deux heures de train d'ici, je lui ferais envoyer un télégramme tout à l'heure ! Moi je vais rester à la ferme pour l'instant et j'irais voir les gendarmes pour qu'ils agissent contre lui au cas qu'il veuille me nuire ainsi qu'à mes biens !'

Bizarrement Clara n'est pas contre cette idée car elle pense avant tout à ses enfants et sa mère, elle donne son accord à Nicolas.

'Il vous faut préparer vos affaires, pour quelques temps, je vais aller au village envoyer un télégramme à tante Emilie pour lui demander cette aide et j'irais me renseigner pour le train de Sedan'

Clara sort les grosses valises car elle va devoir s'organiser vraiment avec ses deux petits hommes, elle doit prévoir une sacré logistique vestimentaire. Elle est consciente qu'ils vont manquer l'école, mais le danger est trop fort pour prendre le risque. Pendant ce temps Jacquotte s'est assise dans un coin de la pièce, elle a l'air complètement perdue, elle qui a construit cette maison avec son mari et ses parents, elle doit maintenant la quitter, fuir, et tout laisser ainsi, sa vie, ses amis… Clara se tourne vers elle. Elle voit bien que sa mère ne va pas bien, elle est ailleurs, son regard est vide, où est passé toute son énergie qui a toujours fait d'elle une véritable pile électrique ? Elle s'approche de Jacquotte, elle s'accroupit devant elle et lui dit d'une voix rassurante :

'Tu sais maman c'est juste pour quelques temps...une fois que cette histoire sera terminée, on pourra rentrer chez nous et retrouver notre vie d'avant ! Nicolas veut juste nous protéger, il fait çà pour notre bien à tous !'

Elle passe tendrement sa main sur la joue de sa mère, qui la regarde en lui souriant, mais Clara n'est pas dupe, elle sait que ce sourire, c'est l'arbre qui cache la forêt !

Nicolas arrive dans le bureau de poste pour envoyer son télégramme, il y a une personne au guichet, c'est le vieux Francis Touchet qui est de service aujourd'hui, celui que tout le monde soupçonnait d'être du côté des allemands même s'il était trop vieux pour aller au front. Nicolas s'approche du guichet et lui dit :

'Bonjour monsieur Touchet, je voudrais envoyer un télégramme à Sedan s'il vous plaît' Le vieil homme pas plus souriant qu'un croque-mort faisant son œuvre, prend le petit mot écrit par Nicolas, s'installe devant son appareil et commence à tapoter tel un pic vert sur un tronc d'arbre. Parfois il s'arrête, regarde Nicolas du coin de l'oeil, un regard d'une franchise à faire peur, et reprend sa missive. L'acte est terminé, Nicolas règle ce qu'il doit et sort de la poste sans se douter de ce qu'il se passait dans son dos, dans ce maudit bureau ! Touchet, le félon, appelle son garçon de course, lui remet un pli et il l'envoie remettre en urgence cette lettre au diable en personne...

LE MONSTRE

Assis sur le fauteuil sur lequel son père a été abattu par le fils Delamotte, Eric Comte de Montrichard, héritier des terres de la dynastie dont il n'est plus que le seul membre vivant, réfléchit… Il est assis face à un grand miroir bordé de dorures sculptées arborant les armoiries de la famille. Il se fixe, comme s'il scrutait son âme, il regard ce qu'il est devenu ! Un monstre, d'un beau jeune homme, il est est devenu un monstre hideux et repoussant. Son visage n'est plus qu'une peau déformée par les flammes, des cicatrices boursouflées remplacent son nez, ses lèvres, sa bouche n'est plus qu'un trou sans réelle forme. Ses cheveux n'existent plus ou juste une petite touffe sur le côté bien claire semée. Eric ne se supporte plus, l'image que renvoie le miroir le traumatise, il se redresse !

Il est debout devant le monstre du miroir, Eric ne pense plus qu'à une chose, se venger à son tour, exterminer Delamotte et ses descendants ! Il serre très fort dans sa main le pommeau de sa canne, une tête de gargouille maléfique comme le démon qui l'habite désormais ! Il se tourne alors vers l'immense portrait de son père accroché au mur, une vieille peinture familiale éventrée par le temps. Il se place devant et dit d'une voix d'outre-tombe :

'Je jure de te venger père, ils périront par les flammes du feu que j'allumerais moi-même !'

Il se souvient avoir demandé la main de Clara et surtout avoir subi l'affront d'un « NON » !

Il était pourtant sûr que sa fortune, son statut social allaient faire la différence par rapport à Nicolas, modeste paysan cul-terreux déjà prétendant… Cet affront, il ne l'a jamais digéré, c'est encore un motif de plus qui motive d'autant plus sa haine vengeresse. Ses yeux sont injectés de sang, et l'absence de lèvres laisse sortir de sa bouche une écume blanche et nauséabonde, ses gencives macèrent…Il se dirige vers la fenêtre, s'approche de la vitre et voit son reflet dans le carreau, il se dégoûte. Il rabat la capuche de son par-dessus noir, et laisse un foulard de la même couleur recouvrir son visage ne laissant apparaître que ses yeux. Il reste souvent devant cette fenêtre à ruminer sa vengeance ! Il revit la scène où la balle tirée par Nicolas lui a perforé le poumon gauche, lui frôlant le cœur, il a raté son coup !!

Un de ses hommes frappe soudain à la porte et entre dans la pièce :

'Monsieur, un coursier m'a apporté un pli pour vous. C'est de la part du guichetier de la poste le vieux Touchet . Il paraît que c'est urgent !'

Eric prend la lettre, il lit le mot du félon :

'Monsieur le Comte. Il fallait que je vous informe que Nicolas Delamotte est passé à la poste pour envoyer un télégramme à sa tante à Sedan. Il veut y envoyer sa femme et ses enfants quelques temps. Il attend la réponse au plus vite.

Voilà Monsieur le Comte. Votre dévoué. Francis Touchet '

Eric chiffonne nerveusement la missive qu'il jette violemment au sol, il a compris que Nicolas se doute de quelque chose et qu'il n'y aura pas d'effet de surprise, et maintenant il sait qu'il est vivant !! Il va devoir les retenir, se dit-il, s'il veut assouvir sa vengeance !

Il se rassoit dans le fauteuil, se sert un verre de whisky Irlandais que son père aimait boire devant la cheminée, le soir...il a fait ce même feu ce soir, les flammes dansent, la chaleur imprègne son visage martyrisé, il a déjà bu quatre verres, le bon whisky l'enivre. Il ferme les yeux et ressent dans une forme de délire alcoolique, son corps brûler dans les flammes, comme dans l'incendie du château...les flammes le dévorent, son visage fond, l'odeur de viande grillée, l'odeur de ses cheveux cramés et la douleur atroce après la brûlure ...

Il ouvre soudain les yeux et se souvient...

HENRI LE SAUVEUR, L'ENQUETEUR

Il se souvient du long séjour aux Hôpitaux de Paris, les pansements douloureux, la rééducation et la première fois où il a découvert sa tête de monstre dans un miroir tendu par une infirmière.

Combien de fois il a voulu mettre fin à ses jours ! Seul le désir de vengeance l'a fait tenir et il a eu durant cette longue convalescence le temps de mettre au point un stratagème !

En sortant de l'hôpital, il a écumé les bas-fonds du vieux Paris et il a recruté, aidé par sa fortune, une bande de 'Vilains', des repris de justice, comme hommes de main et pour travailler aussi au château. Il doit relancer ses affaires et reconstruire ce que le feu a détruit. Il ne sait pas ce qu'il reste encore dans son immense demeure, il s'est réveillé dans cet hôpital, bandé de partout, souffrant le martyre. Il se souvient de ce visage à son réveil, cet homme moustachu au-dessus de lui, et celui d'une infirmière lui souriant. Cet homme c'était l'Officier Henri, le chef de la gendarmerie du village, celui qui a trouvé le corps d'Eric, à moitié brûlé, et l'a fait transporter en urgence par le premier train à Paris. Il lui a sûrement sauvé la vie car aucun médecin de la région n'aurait été capable de le guérir ! Henri est resté quelques jours auprès du Comte, désireux de l'interroger sur le déroulement de la tragédie pour élucider cette enquête. Au troisième jour, Eric commença à parler un peu, il avait du mal à articuler, ses lèvres, sa bouche, son visage n'étant qu'une plaie purulente et douloureuse. La cicatrisation de brûlures étant très longue, Henri se désespérait d'avoir quelques informations. Il eut l'idée pour- quoi pas de lui donner une ardoise et une craie pour lui faire écrire les réponses à ses questions. En entrant dans la chambre où était allongé Eric, il avait beaucoup d'espoir d'aboutir à quel- que chose aujourd'hui ! Eric s'était assis sur le lit depuis, face à la haute fenêtre surplombant une grande étendue verte. Il se tourna très lentement, il sentait sa peau craquer de partout sous ses bandages, une immense chaleur envahissait tout son être, une douleur innommable traversait son corps, Eric serra les dents, souffla pour gérer son mal... Il reconnut l'Officier Henri, lequel le salua :

'Bonjour Monsieur le Comte. Comment allez-vous aujourd'hui ?'

Eric fixa Henri, et se dit en lui-même...c'est quoi cette question d'abrutis !!...

S'il avait été en possession de tous ses moyens, il lui aurait affligé une véritable volée de bois vert ! Est-ce une question qu'on pose à un homme dont la peau fondue et rétractée le maintien aussi raide qu'une saillie ? Non idiot d'Officier ! Eric baissa les yeux de dépit, et expira fortement exprimant une exaspération étouffante.

Il releva les yeux vers l'Officier, lequel était droit comme un « I » devant lui, un sorte de garde à vous ridicule qui fit rire en silence Eric.

Henri fit un pas vers le lit et expliqua :

'Monsieur le Comte, je vous ai emmené une ardoise et une craie car je sais qu'il vous est encore difficile de parler clairement. Auriez-vous la bonté de répondre à mes questions sur cette ardoise Monsieur Eric ?'

Henri était impressionné par l'énorme bandage dans lequel est emmitouflé le Comte, il n'y a que ses yeux rouges sang qui ressorte à travers le blanc du tissu. Telle une momie, avec des gestes saccadés, il se saisit du matériel apporté par Henri, et le posa sur sur genoux. Il tient tant bien que mal la craie qui glisse contre ses bandages, comme s'il avait des moufles, il regarde Henri et attend maintenant qu'il s'exécute !

Henri a compris et s'approche doucement d'Eric, et une fois proche de son oreille, il lui demande en articulant du mieux qu'il puisse le faire :

'Monsieur le Comte, dites-moi, avez-vous vu votre agresseur ? Savez-vous qui est-ce ? Savez-vous son nom ? '

Un grand silence traversa la chambre, Eric était immobile, prostré sur le lit, son corps se tendait puis se courbait, se tordait, on ressentait une tension nerveuse énorme en lui, il en cassa la craie dans ses doigts. Il tourna la tête un instant vers la fenêtre et vit le reflet de son visage, complètement bandé, et un peu de cheveux dépassant sur le côté, laissant l'Officier dans l'attente insupportable d'une réponse. Eric n'osait pas imaginer son visage sous ces pansements, mais il savait bien qu'il ne serait plus le Eric de Montrichard d'avant, mais un monstre hideux voué à vivre toujours le visage caché, loin de tout dans son château ! La rage, la haine font monter en lui une douloureuse colère, il se tourne vers Henri, qui est toujours dans l'attente, se penche sur l'ardoise et gribouille quelque chose avec une vitesse incroyable. Henri ne comprend pas car il n'a pas l'impression que le Comte ait écrit des mots, mais plutôt une lettre ou un signe ! Eric tend à l'Officier l'ardoise, Henri la saisit, il regarde ce que le Comte a écrit et il découvre comme réponse à sa question un simple point d'interrogation !! Henri qui se dit qu'il est resté cinq jours pour ça !!??? Un point d'interrogation !!!!! Il regarde le Comte et lui dit :

'Vous ne savez pas ? C'est ça ? '

Le comte acquiesce de la tête et tourne à nouveau le dos à Henri, en levant la main droite pour lui faire comprendre qu'il en avait assez, qu'il voulait qu'on le laisse seul !

Henri déçu, tourna les talons et en se dirigeant vers la porte lança au Comte :

'Je rentre au village Monsieur le Comte, je vais mener mon enquête de mon côté et je ne manquerais pas de vous tenir au courant dès que possible ! Si quelque chose vous revenait dans la mémoire, envoyez-moi un télégramme. Bon rétablissement Monsieur, et à bientôt au château !'

Il sortit de la chambre complètement écœuré mais pas convaincu par l'hésitation du Comte, au moment d'écrire la réponse à sa question sur l'ardoise !

'Je suis sûr qu'il me cache la vérité, il me ment !'...se dit-il en sortant de l'enceinte du grand hôpital pour regagner la gare. Durant le voyage du retour, cette question tambourinait dans la tête du pauvre Henri…

'Pourquoi me mentir sur l'identité du tueur ? Ou veut-il en venir ? Dans quel intérêt ? Qu'a-t-il derrière la tête ?

LE PIEGE

Ce matin il fait frais, la buée sur les vitres témoigne de la différence de température entre l'extérieur et l'intérieur. Il faut dire aussi qu'on va bientôt quitter ce bel automne pour un hiver sûrement sec et froid. Dans les Ardennes les hivers sont parfois polaires, il neige très fort et le manteau blanc dure longtemps. Quand tout est recouvert de neige, la vie entre dans un sommeil visible, tout est au ralenti, les cheminées fument, la nuit tombe vite. Les gens sortent très peu, juste pour l'essentiel, et s'enferment très vite autour d'un bon feu de cheminée. Les provisions ont été faite durant l'été et l'automne, viande séchée, salée, conserves et autres victuailles pour tenir cette longue période de disette. La vie y est plus dure qu'ailleurs dans les Ardennes, mais ses habitants ne changeraient de vie pour rien au monde…

Aujourd'hui Nicolas a beaucoup de travail avec les bêtes et il doit réorganiser la ferme en préparation des mauvais jours. Le fourrage est un peu compliqué à atteindre, il doit en rapprocher un maximum des bêtes, il sait qu'il en a pour plusieurs jours vu l'ampleur de la tâche ! Il est sept heures trente et il est déjà prêt, il termine son café, un double bien sûr pour lui donner encore plus d'énergie. Jacquotte est prête également, cette femme est courageuse, elle travaille pour une ferme voisine, elle tient absolument à son indépendance financière depuis que son mari, Lucien est mort à la guerre. Nicolas prend soin de sa mère adoptive, à laquelle il doit tout ! Il comprend très bien qu'elle veuille être utile à la famille, elle estime en avoir encore la force et il est épaté chaque jours qui passe de voir l'énergie qu'elle met dans son travail.

Jacquotte dépose un baiser plein d'amour sur le front de « son fils » et ferme doucement la porte derrière elle après lui avoir dit :

'A ce soir mon fils, ce midi je mange sur place, je n'aurais pas le temps de rentrer. Je t'aime'.

Un sourire accompagne son départ, Nicolas aime tellement cette femme comme sa vraie mère ! Elle et son mari Lucien lui ont apporté tout l'amour qu'« un fils » doit avoir besoin pour grandir dans le bonheur et devenir un homme digne de ce nom, un homme respectueux et respecté ! Il mesure la chance qu'il a eu quand ils ont décidé de l'adopter. Il est devenu un fils, et il a eu même trouvé la femme de sa vie en la personne de Clara…

Nicolas sort à son tour de la maison, il attache sa veste de travail et remonte son col. Il se dirige vers l'écurie, et comme tous les matins il libère Bijou dans le grand enclos.

Nicolas n'est pas serein, il a toujours en tête la mise en garde de Maryse vis à vis du fils du Comte, il n'est pas vraiment rassuré, il ne peut s'empêcher de regarder à gauche, à droite, il se méfie. En même temps il se dit qu'il ne faut pas qu'il tombe dans la paranoïa, et qu'en plein jour, la moindre agression se verrait de suite car il a des voisins non loin de là et il y a un passage régulier sur le chemin qui mène au cœur du village.

'Arrête de te faire un tel mouron !'… Se dit-il à haute voix en regardant son cheval faire des ruades pour se dégourdir les pattes. Et puis Tante Emilie devrait bientôt répondre à son télégramme, il pourra enfin mettre sa famille à l'abri loin d'ici. Il n'empêche malgré tout que Nicolas a chargé le fusil de

Lucien, son père adoptif, il est dans l'armoire derrière la porte d'entrée, au cas où le danger frapperait à sa porte !

Il espère du fond du cœur ne pas à avoir à se servir de cette arme familiale, mais le climat pesant le pousse à penser autrement. Pour lui, le fils du Comte va agir, il en est intimement persuadé. Nicolas se lance dans sa tâche, il récupère sa fourche, sa brouette et et commence à transférer un maximum de foin de la grande grange au fond du terrain à l'annexe de l'écurie où se trouve Bijou et les autres animaux.

'Les vieux du village ont prédit un hiver rigoureux', se dit-il, il doit prendre les devants pour que ses bêtes ne manquent de rien.

Jacquotte, femme courageuse et volontaire est sur le chemin de la ferme dans laquelle elle travaille. La propriétaire est contente d'elle et elle sait que seule il lui serait impossible d'y arriver ! Elles se connaissent depuis longtemps puisque déjà à l'époque leurs deux défunts maris travaillaient souvent ensemble pour rentrer leurs récoltes. Lucien aidait Raymond et ensuite Raymond lui rendait la pareille. L'entraide paysanne était coutume à l'époque, maintenant on parle plus d'argent que d'amitié et solidarité ! Jacquotte apprécie beaucoup aussi Lucie, et travailler pour elle est un plaisir qui lui facilite les longues journées de labeur. Jacquotte arrive à la ferme, et comme à son habitude se dirige vers la maison où Lucie l'attend devant un bon café bien chaud. Jacquotte tape à la porte, elle attend, personne ne répond. Elle se tourne, jette un coup d'œil autour d'elle dans la grande cour, vers l'étable, la grange et le grand champ. Rien à l'horizon, elle tape à nouveau à la porte. Rien ! 'Bizarre'… se dit-elle.

Jacquotte sait que Lucie n'est jamais en retard et qu'à cette heure-là le rendez-vous café est systématique !

'Elle doit être à la grange', pense-t-elle. Il y a une clochette à l'entrée de la maison au cas où les occupants soient ailleurs, un bon moyen pour les avertir. Jacquotte tire le cordon de chanvre, et la clochette tinte plusieurs fois. Elle se tourne à nouveau et personne ne sort du nulle part. Elle refait sonner plusieurs fois et rien !

'Serait-elle partie ?' se demande Jacquotte. Elle se dirige d'abord vers l'étable. La grande porte de chêne est fermée par ce gros verrou coulissant, et Jacquotte se dit qu'elle ne peut pas être là ou alors elle serait passée par la porte de service à l'arrière du bâtiment.

Elle ouvre tout de même le verrou, il est un peu rouillé, ce n'est pas facile mais elle y parvient tout de même. L'étable est vide, Lucie a dû mettre les moutons, les vaches et les chèvres à paître dans le champ du fond, derrière la grande grange. Elle ressort de l'étable et se dirige vers la grande grange. La femme semble vide de toute âme et Jacquotte ne comprend pas où peut être Lucie ! Elle arrive devant la grange, elle voit que les animaux sont bien dans le grand champ, donc Lucie est sûrement dans les parages. La porte coulissante de la grange est ouverte et Jacquotte pénètre à l'intérieur en criant le prénom de son amie Lucie. Personne ne répond à son appel, elle commence vraiment maintenant à s'inquiéter là, car çà ne lui ressemble pas d'être absente sans motif apparent ! La grange est très grande, il y a beaucoup de paille stockée ici. Elle s'avance dans les rangs formés par les énormes tas de bottes de fourrage. Jacquotte est maintenant très inquiète et pas vraiment rassurée, elle commence à imaginer le pire, un malaise, un accident ?

'Lucie !!! tu es là ? '.. Hurle-t-elle. Et là, une voix lointaine lui répond :

'Je suis là Jacquotte, dans la pièce du fond !'

Jacquotte est soulagée d'entendre son amie lui répondre ainsi après s'être fait tant de scénarios les plus catastrophiques les uns que les autres. Elle presse le pas vers le fond de la grange, c'est un endroit qui sert de SAS de sécurité pour contenir un éventuel incendie. Il n'y a rien dans cette grande pièce qui a pour fonction d'être un refuge. Jacquotte pénètre dans le SAS, et voit Lucie, debout devant elle, les yeux écarquillés, le visage terrifié, un homme se tient derrière elle et lui a posé une lame de couteau sous la gorge ! Jacquotte ne comprend pas, elle n'a pas le temps de prononcer le moindre mot quand elle ressent un choc et une violente douleur derrière la tête, elle perd connaissance…

LA CROIX DE FEU

Jacquotte revient à elle malgré sa volonté, réveillée par le froid humide d'un seau d'eau balancé en plein visage. L'eau qui coule de ses cheveux sur son front et dans ses yeux brouille sa vue, elle met un certain temps à visualiser l'environnement et les personnes qui l'entourent. Elle se rend compte de suite qu'elle n'arrive pas à bouger, ses jambes et ses bras sont bloqués, elle est attachée. En face d'elle un homme de grand taille vêtu de noir et le visage voilé. Il fait un peu sombre mais la lueur de la torche qu'il tient à la main lui laisse voir deux yeux luisants, vides de la moindre expression, injectés de sang autour de ses pupilles. Il la regarde comme un prédateur regarde sa proie après une longue traque, satisfait de lui, il jubile… Jacquotte a du mal à réaliser ce qu'il lui arrive et cherche du regard son amie Lucie. Elle se situe à gauche du prédateur pervers, contre le mur, et cet homme qui se tient derrière elle, couteau à la main, lame épaisse et luisante pointée sur le flanc droit de Lucie. Jacquotte, totalement perdue par la situation et surtout la raison d'agression s'adresse au prédateur d'une voix sanglotante :

'Mais qui êtes-vous ? Que voulez-vous ? Ne faites pas de mal à Lucie, je vous en supplie !'

Elle regarde partout, il y a deux hommes à droite contre la porte qui donne dehors dont un qui regarde par le judas. Elle remarque aussi que ses bras et jambes sont attachés à des chevrons de bois disposés en croix...'Comme la croix du Christ !' se dit-elle...

Elle pleure, son amie aussi. L'homme à la torche s'approche de son visage et les yeux dans les yeux lui lance :

'Tu ne sais pas qui je suis Mme Vaillant ?? Tu ne te souviens pas de moi vieille folle !!??' Jacquotte sent l'haleine fétide qui sort de la bouche de son bourreau. Cette voix !! Elle connaît cette voix !!

'Eric de Montrichard !! Le fils du Comte ! C'est lui, je reconnais sa voix, la même que l'homme qui est venu demander la main de Clara !'.. se dit-elle.

Le bourreau salivant de plaisir, cette situation était jouissive pour lui, une pulsion érectile brûle son bas ventre, la grande vengeance pouvait commencer, après tant de temps à patienter...

'Vous êtes Eric de Montrichard !' dit Jacquotte d'une voix pleine de courage et fierté sans baisser le regard face au Comte vengeur. En levant les bras au ciel et hurlant à Jacquotte en la regardant comme un prédicateur qui annonce la fin du monde :

'BINGO !!!! OUI...BIEN... Vieille peau !! tu m'as reconnu quand même, je vois avec plaisir que ma voix n'a pas changé ! Tu sais vieille femme ton chien de fils, ce cher Nicolas, a tué mon père, un vieil homme sans défense, et il pensait m'avoir éliminé moi aussi, mais je suis revenu de l'enfer pour me venger et crois-moi elle va être terrible ! Vous mourrez tous !'

Jacquotte ne se rabaisse pas, elle défie Eric du regard et celui-ci dévoile son visage. Jacquotte a d'abord un réflexe de recule avec la tête et elle revient vers lui faisant front courageusement !

'Je n'ai pas peur de toi tu sais Montrichard ! Je ne suis qu'une vieille femme, je n'ai pas peur de la mort ! Tu crois quoi ? Que je vais te supplier ? Tu peux crever avec ta haine et ton visage de monstre !'

Eric entre dans une colère terrible, il tourne la tête vers Lucie et fait signe de la tête à son homme de main. Jacquotte cherche à comprendre ce que veut dire ce signe quand le complice du Comte bloque Lucie du bras gauche et enfonce tout doucement la longue lame de son couteau dans le maigre corps de l'amie de Jacquotte. La main de l'homme sur la bouche empêche un hurlement de déchirer le silence pesant. Jacquotte hurle, et voit Lucie tomber doucement à genoux et se coucher sur le côté, une plaie béante de laquelle gicle un sang noirâtre et abondant. Dans un éclat de rire machiavélique, Eric se tourne vers Jacquotte, lui prend le visage dans sa large main et lui crache au visage une salive épaisse et puante. Jacquotte est en larme, son amie est morte sous ses yeux, elle est abattue, elle voit le corps de Lucie qui, nerveusement bouge par à-coups, et se fige. Le visage de Lucie est tordu par la douleur, Jacquotte relève la tête et en fixant Eric elle s'écrit :

'Montrichard, fils de chien ! Sois maudit ! Mon fils nous vengera, il saura te faire payer à toi et tes démons tout cela ! Tu mourras ! Je regrette qu'il ne t'ai pas tué ce jour-là et que tu ne brûles pas dans les flammes de l'enfer avec ton maudit père ! Tu mourras !'

Eric sourit malicieusement comme si rien ne pouvait l'atteindre, il est tellement sûr de lui et de sa force. Il sait qu'il n'est pas seul, il a des hommes avec lui, capables de n'im- porte quoi pour de l'argent, et de l'argent il n'en manque pas ! Il passe devant le visage de Jacquotte la flamme de sa torche qu'il tient dans la main. Elle la suit du regard, il l'approche de son visage, elle ressent la chaleur sur sa peau. Eric s'approche tout près de l'oreille de Jacquotte et lui murmure :

'Tu vas maintenant ressentir ma vengeance au plus profond de toi-même Madame Vaillant ! Tu vas ressentir ce que j'ai pu ressentir moi-même quand les flammes ont dévoré mon corps, ma peau, mon visage à cause du feu que ton Nicolas a allumé, tu vas ressentir la mort…'

Eric passe un grand coup de langue sur la joue de Jacquotte, laissant une traînée grasse et gluante sur sa peau encore chaude. Jacquotte a compris ce qu'a voulu dire Eric, car à ses pieds il y a de la paille et deux fagots de bois bien secs. Elle va être brûlée vive comme on brûlait les sorcières au temps de l'inquisition, sauf que c'est sur une croix qu'elle va mourir ! Jacquotte ferme les yeux, elle prie le Seigneur, elle prie pour mourir avant de souffrir le martyre, des larmes coulent sur ses joues, elle pense à Clara, Nicolas, les enfants et son Lucien . Eric lui parle, mais elle ne l'entend plus, elle est dans sa bulle, dans son monde maintenant. Eric la gifle pour la ramener vers lui, il veut voit son visage, ses yeux quand les flammes la dévoreront. Son plaisir doit être total, l'accomplissement de sa vengeance, il ne veut rien rater ! Jacquotte serre les dents, elle rassemble tout sa force et elle lui crache à son tour au visage en s'écriant :

'Vas au diable Montrichard et sois maudit !!'

Eric s'essuie doucement le visage, esquisse un léger sourire et lâche la torche au pied de Jacquotte. Le tas de bois s'embrase très vite et les flammes ardentes commencent à dévorer la robe épaisse de Jacquotte, elles lèchent le bas des jambes. Elle serre les dents, la douleur devient insupportable, les flammes montent de plus en plus haut et dans un brasier intense elle hurle et se transforme en torche humaine. Eric recule car les flammes frôlent son visage et jubile totalement. Jacquotte ne bouge plus, elle brûle, se consume, devant Eric et ses comparses. Personne ne bouge, pas un bruit sauf le craquement des os de la pauvre Jacquotte, laquelle est maintenant tombée à moitié au sol, ses liens ayant brûlés… Eric sourit, il se tourne vers ses hommes, il est fier de lui ! Ses hommes paraissent traumatisés par un tel spectacle macabre et

Eric se met à nouveau en colère et hurle :

'Quoi ??!! Pourquoi vous tremblez comme des fillettes ? Ceux qui veulent partir maintenant qu'ils partent !! J'irais jusqu'au bout !!! Vous m'entendez ? Jusqu'au bout…'

Ils quittent la grange et la ferme de Lucie, laissant les corps des deux femmes au sol…sans vie !

L'HORREUR

'Qu'il fait du bien ce café !'… Se dit Nicolas en serrant entre ses mains la tasse bien chaude. Sa journée de travail est bientôt terminée, il est fatigué aujourd'hui, il a remué une montagne de foin pour ses bêtes. Clara est dehors, elle étend le linge qu'elle a lavé à la main dans le bac que lui a conçu Nicolas pour qu'elle n'ait plus à se déplacer au lavoir municipal. Il a trop souvent vu sa mère, Jacquotte, partir le matin au lavoir avec une montagne de linge sale et revenir le midi avant le repas. Elle transportait le linge dans une petite charrette que Lucien lui avait confectionné avec les roues du vieux landau de Clara bébé. Le chemin pour aller au lavoir était relativement long et la route de terre battue parsemée de trous qu'il fallait éviter pour ne pas risquer de renverser le chargement. Désormais Clara a son propre lavoir derrière la maison sous un abri, l'eau venant du puits creusé par Nicolas et Lucien. Les pierres sont scellées avec du mortier maison et ce qui rend étanche l'ouvrage c'est qu'il est creusé dans la glaise. Nicolas a récupéré une grosse pierre plate qu'il a retaillé et aplani pour que Clara puisse y savonner et frotter son linge.

Nicolas la rejoint, elle lui sourit, il lui passe le reste du linge de la panière qu'elle continue à étendre soigneusement en évitant les plis. Nicolas passe derrière sa femme, entoure son corps de ses bras puissants, pose son menton sur l'épaule de

Clara. Il dépose un tendre baiser dans le creux de son cou, Clara sourit, ferme les yeux comme pour mieux ressentir la chaleur de ses lèvres, elle pose ses mains sur celles de Nicolas. Elle se retourne face à lui, leurs yeux sont plongés les uns dans les autres, et dans un tendre « je t'aime », ils s'embrassent et s'enlacent très fort. L'amour qui les unit est tellement intense et ceci depuis le premier jour. Clara qui est face à la maison remarque deux petites têtes à la fenêtre de la cuisine ce sont les deux jumeaux qui s'amusent de voir leurs parents s'enlacer ainsi et s'embrasser. 'Voir le nôtre bonheur suffit au leur !' se dit Clara en ramassant la panière vide. Ils rentrent maintenant à la maison, Clara doit commencer à préparer tranquillement le repas, il y a des patates à éplucher et il commence à se faire tard. Nicolas fait chauffer de l'eau sur la cuisinière à bois, une petite toilette ne serait pas un luxe après une telle journée ! Les jumeaux sont plongés dans des manuels d'histoire, ils sont calmes, et Clara apprécie ce silence… Une fois sa toilette terminée Nicolas revient dans la grande pièce principale ouverte sur la cuisine où Clara continue à éplucher ses pommes de terre.

Il regarde sa femme et lui dit :

'Demain j'irais au bureau de poste pour voir si tante Emilie a répondu à mon télégramme, elle a dû le recevoir, et cet incapable de Francis ne prendra pas la peine de me le faire parvenir jusqu'ici !'

Clara lui répond d'un signe positif de la tête et lui sourit, pourtant elle a une boule dans le ventre rien que d'y penser. Toute cette histoire macabre la préoccupe, elle sait qu'il y a un danger qui pèse sur la famille et qu'il serait plus prudent de partir. Quitter sa maison ne l'enchante pas vraiment, et pour combien de temps ? Elle regarde ses enfants et se raisonne, elle doit le faire pour eux surtout. Il est maintenant dix-huit heures, le soleil commence à baisser à l'horizon, Nicolas se dirige vers la fenêtre qui donne vue sur l'entrée de la ferme, il est étonné que Jacquotte ne soit pas encore rentrée. Il fixe le chemin assombri qui mène au village et dit à Clara :

'Je ne sais pas ce que fait maman mais il commence à faire nuit, il est tard et elle devrait déjà être rentrée !

Clara jette un regard vers la fenêtre, elle voit que la nuit tombe et lui répond :

'Oui c'est vrai que c'est bizarre mais tu sais bien que c'est déjà arrivé qu'elle traîne un peu avec Lucie à parler et qu'elle rentre un peu en retard !'

Nicolas est inquiet, surtout avec le climat actuel où il peut se passer n'importe quoi, et toutes ces rumeurs, ces secrets malsains... Il piétine devant la fenêtre, Clara le sent très nerveux et lui dit :

'Tu veux aller voir ? Aller à sa rencontre mon amour ? Prends le révolver avec toi Nicolas, moi j'ai le fusil et je vais fermer les volets et la porte à clé !'

Nicolas ne se fait pas prier, il file dans la chambre, prend le révolver caché au-dessus de l'armoire dans un linge blanc, il met six balles dans le barillet, il le place à sa ceinture. Il rejoint sa famille, Clara a déjà fermé les volets. Elle ouvre la porte à son mari, elle l'embrasse et lui dit :

'Sois prudent mon amour, fais vite, ne t'inquiète pas, elle ne doit plus être très loin maintenant !' Nicolas file dans la pénombre, il a emporté avec lui une lanterne pour pouvoir éclairer son chemin et et voir aussi autour de lui.

De son côté Clara a tout fermé, elle n'a pas voulu faire peur à Nicolas mais elle est inquiète aussi pour sa mère, car jamais elle est rentrée la nuit tombante ! Il lui ait arrivé de rentrer parfois en retard, mais c'était aux beaux jours quand le soleil restait bien haut et tard dans la soirée.

Elle vérifie encore une fois que la porte est bien verrouillée, elle regarde dehors par la petite trappe judas. Elle ne voit plus rien dehors, la nuit est tombée totalement et si vite... 'Heureusement qu'il y a une demi-lune et qu'il a emmené la lanterne avec lui' se dit-elle.

Elle se rapproche de ses deux fils, prend son tricot, ses aiguilles et reprend la confection du bonnet d'hiver pour son Nicolas. Elle ferme les yeux, elle prie en silence pour ne pas inquiéter les petits.

Nicolas avance doucement sur le chemin, ce n'est pas facile d'évoluer sur une route en terre où parfois des cailloux ressortent du sol et peuvent vous faire trébucher. Il prend garde aussi de ne pas mettre le pied dans un trou et ne pas se tordre la cheville, çà ne serait pas la première fois que çà lui arrive ! Il progresse, la ferme de Lucie n'est plus très loin maintenant. 'Comment se fait-il que je n'aie pas encore croisé maman ?' pense-t-il 'Cà fait déjà un moment que je marche !'

Son cœur commence sérieusement à battre fort, et la peur l'envahit. La peur qu'il soit arrivé un gros problème à sa mère. Il fait nuit noire, elle n'est pas éclairée !! Nicolas presse le pas et arrive très vite devant la propriété de Lucie, le portail de bois est ouvert, tout est très calme. Il entre dans la grande cour et se dirige directement vers la maison. Les volets sont ouverts remarque-t-il et aucune lumière à l'intérieur. Il approche de la porte, il frappe quatre coups secs, mais en vain, personne ne répond. Il active la clochette, rien ! Il fait le tour de la maison, s'approche de la grande fenêtre de la salle à manger, dirige sa lanterne pour éclairer l'intérieur et dit tout haut :

'Mais bon sang il n'y a personne ici ou quoi !'

Il se fige un instant suspend sa respiration et tend l'oreille, il essaie de capter le moindre bruit, une voix... Rien de cela sauf un mouton qui bêle ! 'Un mouton ??' se dit Nicolas... 'A cette heure-là ils devraient être dans l'étable !'... Nicolas se dirige maintenant vers la grange, il sait que Lucie met ses bêtes dans le grand champ derrière puis elle les rentre en fin d'après-midi quand ce n'est pas Jacquotte qui le fait ! Il fait le tour de la grange et voit tous les animaux de Lucie, dehors, tous agglutinés devant la barrière. Ils sont tellement habitués à rentrer à une heure fixe, qu'ils sont là, à attendre qu'on leur ouvre la porte pour les faire rentrer dans l'étable.

'Il se passe quelque chose ici !! Les animaux toujours dehors, personne dans la maison pas âme qui vive dehors...Ce n'est pas normal, pas logique !'

Nicolas retourne sur ses pas, il va d'abord voir à l'étable et il se rend compte que la porte principale est verrouillée de l'extérieur, donc personne ne peut être à l'intérieur ! Il regarde à nouveau vers la maison, tout est resté noir à l'intérieur. Son souffle devient court et rapide, il sent son cœur battre plus vite et plus fort dans sa poitrine. Il tend devant lui la lanterne qui éclaire la grande façade de la grange. La porte est ouverte, Nicolas crie fort :

'Maman !!! Lucie !!!! Vous êtes là ???'

Rien !! Pas un bruit dans ce silence angoissant. Nicolas s'approche de l'entrée de la grange, il éclaire la sombre entrée.

'Faut être prudent ! On ne sait jamais ce qu'il peut y avoir à l'intérieur ! ' Murmure-t-il. Nicolas en sortant son révolver de sa ceinture, enclenche le chien du six coups, il connaît bien cette arme, il l'a ramené de la guerre, c'est elle qui a abattu ce chien de Montrichard ! Il pénètre dans la grange. Elle est accessible par des couloirs entre les tas de paille, Nicolas bien cet endroit car il a déjà aidé Lucie quand il était jeune. Il a souvent empilé des bottes de paille jusqu'au plafond. Il sait que cette grange est très grande, c'est un vrai labyrinthe. A nouveau il hurle les prénoms de sa mère et de Lucie, mais rien de rien ! Il tient son révolver juste à côté de la lanterne devant lui, pour bien voire où il devrait tirer si la situation l'exigeait. Il avance doucement dans les allées, il respire très doucement maintenant pour rester concentrer et guetter le moindre bruit ! Et puis il y a cette odeur vraiment bizarre dans l'air qu'il sent depuis son entrée dans la grange, comme si on avait fait brûler quelque chose d'autre que du bois.

'Quelle odeur forte et désagréable' se dit-il !

'Qui s'est amusé à faire du feu dans une grange remplie de paille ? Il faut être complètement inconscient !!' peste-il...

Il arrive maintenant au bout de la grange, à côté du SAS où Lucie range quelques outils, il connaît cette pièce. La porte est fermée, il saisit la poignée et la fait pivoter. Il pousse doucement cette porte, arme à la main prête à faire feu, il pénètre dans la pièce et là, l'odeur devient puissante et insupportable, Nicolas place sa manche de veste devant ses voies respiratoires, il tousse, ses yeux le brûlent, il est impossible de tenir dans cet endroit ! Il se précipite vers la porte de service en face de lui, il l'ouvre et créé un courant d'air salvateur dans cette atmosphère irrespirable ! Nicolas reprend son souffle à l'extérieur un instant, il essuie son nez qui coule, ses yeux qui pleurent avec son mouchoir.

'Mais qu'est-ce qui pue comme çà ?' se demande-t-il ... Une fois son souffle repris et l'atmosphère plus respirable, il retourne dans le grand SAS, lanterne en avant. La pièce aux murs clairs s'illumine, son regard se porte d'abord à hauteur d'homme, rien d'anormal quand il bute en reculant dans quelque chose de mou, il se retourne, approche sa lanterne puis fait un bond en arrière en criant ! Au sol le cadavre dans une mare de sang de Lucie, Nicolas reste le dos collé au mur, pétrifié par cette vision horrible. Il s'approche du corps de cette pauvre Lucie, elle est morte, sa peau est froide, très froide...Il a vu beaucoup de mort pendant la guerre et il sait reconnaître un corps mort depuis un certain temps. Il se dit qu'elle doit être morte depuis quelques heures déjà, elle a une énorme plaie béante sur le côté, un gros couteau imagine-t-il... D'un coup il se relève et un mot lui vient à la bouche : 'Maman !!!???'

Il balaie la pièce avec sa lanterne, il a peur de retrouver ce qu'il ne veut surtout pas trouver, le corps de sa mère ! Il ne soit rien sauf un tas de bois calciné le long du mur, il s'approche doucement et il se rend compte qu'il n'y a pas que du bois au sol, on dirait un corps, recroquevillé sur lui-même, qu'est-ce que ça peut bien être…

'C'est un cadavre humain remarque Nicolas ! Mon dieu qui est-ce… ? Seigneur pourvu que…' Il éclaire la scène de plus près, et remarque qu'au bout de cette masse calcinée, il y a les mains qui ne sont pas brûlées, juste noircies par la cendre. Les doigts sont crispés et ramenés vers l'intérieur, Nicolas s'approche plus près encore et il voit sur la main gauche sur l'annulaire une bague en or ornée d'une pierre rouge, un rubis. Nicolas tombe à genoux devant le cadavre, il connaît cette bague, c'est la bague de mariage de sa mère, Jacquotte !!

'Maman !!!!! Non !!!! Maman !!!!!' Nicolas hurle, éclate en sanglots, sa douleur est insupportable. Il serre la main de sa mère dans la sienne, le bras tient à peine sur le corps, le craquement de l'os de l'épaule glace le sang de Nicolas, il retire délicatement la bague du doigt de Jacquotte, il la serre fortement dans sa main et contre son cœur, il est complètement effondré.

'Pourquoi… ? Pourquoi… ? Ça ne peut pas être toi maman c'est pas possible ! Mais qui t'a fait ça ? Mon Dieu, aidez-moi, aidez-nous !'

Nicolas reste un long instant près du corps calciné de la pauvre Jacquotte, il pense de suite à Clara et les enfants restés à la maison, il se ressaisit, met la bague dans sa poche. Il sort de la grange arme au poing et la lanterne devant lui, il part en courant il doit regagner au plus vite sa ferme pour protéger sa famille.

REMORDS

Nicolas court à en perdre haleine, la route lui semble interminable, il marche sur des cailloux pointus, qu'importe, il ne ressent même pas la douleur tellement la peur l'envahit. Il ralentit malgré tout, il a un énorme point de côté, il n'en peut plus, le souffle lui manque, il marche vite maintenant, de toute façon il n'est plus très loin de sa femme ! Il réfléchit, il pense à la vision horrible de sa mère, calcinée, aux souffrances atroces qu'elle a dû subir, sa pauvre mère… Nicolas se doute bien du nom de l'agresseur !

' Cà ne peut être que ce chien de Montrichard ! Il se venge à son tour !!'..pense-t-il.

Il arrive dans sa cour, il reprend son souffle. Comment va-t-il annoncer l'horrible nouvelle à Clara ? Comment lui dire que sa mère est morte, calcinée, exécutée par le Comte de Montrichard ?

Il est maintenant devant la porte, il n'ose même pas frapper ! Clara, qui vient de mettre au lit ses deux garçons, a entendu des pas sur la terrasse en bois devant la porte d'entrée, elle se lève, se dirige vers la porte. Elle ouvre la petite trappe judas, et aperçoit Nicolas, mais il est seul !

Clara ouvre la porte, regarde son mari, elle voit la détresse dans ses yeux. Les larmes coulent sur les joues de Nicolas, elle referme la porte derrière lui. Elle reste face à la porte, dos à Nicolas et d'une voix calme lui demande :

'Maman n'est pas avec toi ! Il lui ait arrivé quelque chose !?'

Nicolas ne répond pas, sa gorge est nouée par l'émotion, les mots sont bloqués. Clara se tourne vous lui, elle prend le visage figé de son mari entre ses mains, elle cherche ses yeux perdus dans le vide, elle lui relève légèrement le menton. Elle est maintenant dans ses yeux larmoyants, Nicolas retrouve un instant de lucidité, Clara saisit ce moment pour lui reposer la question :

'Tu as trouvé maman mon amour ? Où est-elle ? Il lui ait arrivé quelque chose ? Réponds-moi mon amour !'

Elle prend son mari par les mains et elle l'assoit sur une chaise autour de la table, et se met en face de lui. Nicolas semble complètement assommé par l'émotion et la détresse. Clara lui serre les mains :

'Reviens à toi mon amour, je suis là, c'est fini, parles-moi je t'en supplie !'

Nicolas revient à lui doucement, il réalise qu'il doit rester fort pour Clara, pour pouvoir lui annoncer la terrible nouvelle. Il est désormais lucide, Clara se redresse face à lui, le visage de son mari semble avoir repris vie, elle sait qu'il est revenu à lui. Nicolas essuie ses joues d'un revers de manche, il passe sa main encore fraîche sur la joue de sa Clara, il esquisse un léger sourire chargé de compassion. Clara est suspendue à ses lèvres, elle attend que les mots sortent enfin de la bouche de son mari, une attente interminable et insupportable. Nicolas, avec une voix hésitante et la gorge serrée se lance :

'Il y a eu un drame à la ferme de Lucie ! Maman et Lucie ont été assassiné mon amour !' L'annonce est brutale, Nicolas en est conscient, mais comment annoncer une telle nouvelle ? Clara qui s'en doutait un peu commence à pleurer en silence, ne voulant pas réveiller ses enfants, ils ne doivent pas savoir pour l'instant…

'Mais que s'est-il passé Nicolas ? Qui a fait ça ? Pourquoi ? '

Nicolas prend sa femme dans ses bras, ils pleurent ensemble l'un contre l'autre, la douleur est tellement intense… Nicolas repense à la scène, il explique tout à Clara, elle ne comprend pas pourquoi ces deux meurtres, la raison ! Nicolas sait pourquoi et qui !! Il culpabilise, il sait qu'il est le seul responsable de tout cela. Clara est inconsolable, Nicolas doit l'avouer, il doit lui dire pourquoi tout cela est arrivé. Il regarde Clara tendrement, ses jolis yeux sont noyés de chagrin, la douleur dans son petit cœur fait peine à voir, Nicolas est abattu aussi mais il faut qu'il lui dise :

'Tu sais mon amour, c'est de ma faute si ce drame est arrivé !'

Clara hausse les sourcils d'étonnement et d'incompréhension, elle est surprise par cette déclaration. Il continue :

'Je suis certain que c'est Eric de Montrichard qui est derrière ces horribles meurtres… Il se venge à son tour contre nous mon amour ! La méthode employée pour exécuter maman ne te rappelle rien ? Le feu ! Le feu qui a brûlé son père et une partie de lui sûrement ! Tout est de ma faute ! Le jour de mon retour de la guerre, j'ai hésité à me rendre au château des Montrichard pour demander des comptes. Ma haine et ma soif de vengeance ont pris le dessus sur la raison et la sagesse ! Si j'avais passé mon chemin maman serait vivante et notre famille en paix. Au lieu de cela, nous allons être en danger permanent, et tout cela à cause de moi !!!'

Clara sait au fond d'elle même que son mari a raison, mais qu'aurait-elle fait si on avait jadis brûlé la maison de son enfance avec ses parents dedans ? Peut-être qu'elle aurait eu la même réaction. Elle sait aussi que son mari avait passé quatre années dans la guerre, l'horreur, la mort autour de lui tous les jours… Cela peut aussi expliquer cet excès de violence dans la vengeance, il faut dire que les Montrichard sont des ordures sans pitié voulant régner sur tout le monde ! Clara comprend malgré la douleur et le déchirement. Elle prend son mari dans ses bras et lui dit dans le creux de l'oreille :

'Tu as fait ce que ton cœur t'a dicté, personne n'était à ta place et personne ne peut juger ta décision ce jour-là ! Eric de Montrichard ne nous lâchera pas tant qu'il n'aura terminé son « oeuvre » vengeresse ! Il faut mettre les enfants à l'abri et se préparer à nous défendre mon amour !'

Nicolas est surpris par la réaction clémente de sa femme et la force qui est en elle. Il sait qu'elle est celle qui le soutient, le pilier de sa vie, il sait qu'à eux deux ils peuvent affronter le Diable !

'Demain matin j'irais à la poste pour le télégramme et ensuite voit l'Officier Henri pour lui annoncer le double meurtre. Je ne peux pas accuser Eric ! Je n'ai aucune preuve contre lui ! Je vais juste lui parler des rumeurs et du fameux secret le concernant !'

Clara est d'accord ! Il est tard maintenant, en temps normal ils iraient se coucher ensemble dans leur lit, mais comment trouver le sommeil ? Comment dormir alors que Nicolas a bien trop peur qu'ils viennent cette nuit, pendant leur sommeil, mettre le feu où attenter à leurs vies ! Il s'assoit par terre adossé au mur, son révolver chargé à côté de lui. Clara le regarde et lui demande :

'Tu vas rester ici mon amour ? Tu crois qu'il serait capable de venir jusqu'ici ? Il se doute bien qu'on a découvert les corps et qu'on les attend de pied ferme !'

Nicolas pas sûr du tout de ce que dit sa femme lui répond :

'Il faut rester vigilant tu sais, il est capable de tout ce fou pervers ! Je vais veiller ! Va te coucher avec les enfants si tu veux, tu as besoin de sommeil et de repos !'

Clara qui est solidaire de son mari, va dans la chambre, elle ramène le gros édredon à plume, elle le dispose au sol et s'allonge à côté de son homme, la tête sur sa cuisse, sa main dans la sienne, elle s'endort péniblement laissant Nicolas dans ses pensées, revivant l'horreur, les larmes coulent sur ses joues...

LE COMMISSAIRE
BERTRAND

Au petit matin, Clara et Nicolas ouvrent ensemble les yeux. Clara a dormi plus que Nicolas, il a veillé quasiment toute la nuit. Les enfants dorment toujours, Clara ne veut pas les réveiller, ils n'iront pas à l'école aujourd'hui ! Nicolas est courbaturé d'avoir dormi semi assis toute la nuit. Il se redresse, se met debout et s'étire difficilement, il a l'impression d'avoir l'âge de son arrière-grand-père ! Clara est déjà en train de faire chauffer le café, ils s'assoient ensemble à table et déjeunent en silence. Nicolas et Clara n'ont toujours pas vraiment réalisé l'horreur de la veille ! Le choc est tel, et tellement frais qu'ils n'ont pas encore mesuré le danger présent. Nicolas va se préparer, il fait déjà jour dehors, et il doit aller tout d'abord à la poste et ensuite à la gendarmerie pour annoncer le double drame à la ferme de Lucie. Nicolas se rase face au miroir, la lame glissant doucement sur sa peau, et il revoit le corps de la pauvre Lucie, éventré et celui de sa mère, calciné, sa main intacte, comme si la mort voulait qu'il sache que c'était bien sa mère qui était là, sur ce tas de cendre, et qui avait souffert la martyre ! Nicolas est prêt, il passe sa veste car il fait frais dehors, il regarde Clara, elle lui sourit, un geste tendre de la main pour l'encourager et lui montrer qu'elle est là, avec lui et pour toujours ! Elle ferme la porte à double tour derrière Nicolas, on ne sait jamais après ce qu'il s'est passé hier ! Nicolas a pris soin de prendre son pistolet, il est dans la poche intérieure de sa veste, il se sent plus rassuré avec ! Durant le chemin, il observe chaque buisson, chaque renfoncement, chaque cabane, il est sur ses gardes au maximum. Le village est calme encore à cette heure-là, beaucoup de volets sont fermés, et les seules fenêtres visibles sont vides de personnes. Nicolas descend l'avenue Napoléon et arrive à la poste. Il entre dans le bureau, il est ouvert depuis cinq minutes. Francis est là, derrière son guichet, la tête baissée dans ses papiers, et Nicolas le salue : 'Bonjour monsieur Touchet, je viens voir si j'ai reçu un télégramme de Sedan ,'

Touchet lève tout juste les yeux, fixe Nicolas d'un air dérangé dans sa tâche, et lui répond d'une voix exaspérée :

'Un télégramme ?! Heu….oui ! Je l'ai reçu à l'instant. Voici !' Nicolas prend le pli, remercie Touchet et ressort du bureau de poste.

'Il est vraiment bizarre ce type !' se dit-il. Une fois en route pour la gendarmerie, Nicolas ouvre le télégramme et le lit avec attention :

'Cher Nicolas...J'ai bien reçu votre télégr…. Me demandant de l'aide pour héberger la famille...Je vous attend, la maison est assez grande pour vous...Tenez-moi au courant au plus vite...Emilie'

Nicolas est rassuré maintenant, il va mettre Clara et les enfants dans le train au plus vite, il va passer à la gare avant d'aller à la gendarmerie. Il prend trois billets pour Sedan, le départ est demain après-midi à 15h30 ! Il faut faire vite pour que toute sa famille soit prête pour le départ. Une fois les billets en poche, Nicolas se dirige vers la gendarmerie, il est conscient que la tâche va être ardue pour expliquer ce qu'il a vécu hier soir à la ferme de Lucie. Il entre dans la cour, se dirige vers la porte, il entre. Un gendarme est au guichet, il reconnaît de suite Nicolas :

'Bonjour Mr Delamotte ! Que puis-je faire pour vous ?'

Nicolas a une terrible boule dans le ventre, sa gorge est serrée, son cœur bât très fort dans sa poitrine. Il s'approche du guichet et demande d'une voix à demi éteinte :

'Je voudrais voir l'Officier Henri s'il vous plaît.' Le gendarme lui répond :

'Il est absent pour la journée, je peux vous diriger vers le commissaire Bertrand si vous voulez ! Il a été fraîchement nommé sur le secteur, il chapeaute plusieurs gendarmeries.'

Nicolas accepte, de toute façon il n'a pas le choix, il faut bien déclarer le drame !

Il s'assoit dans la petite salle d'attente, et au bout de deux minutes un homme apparaît, taille moyenne, cheveux très courts, petites lunettes.

'Bonjour monsieur, commissaire Bertrand !' 'Nicolas Delamotte, enchanté !'

Les deux hommes se dirigent vers le bureau du commissaire Bertrand. 'Je vous en prie monsieur Delamotte asseyez-vous !'

Nicolas est tendu, mais il se sent rassuré par ce commissaire, il ne sait pas pourquoi !

Il regarde autour d lui, il y a un portrait de lui avec une feme et deux petites filles, ses files visiblement. Une autre photo de lui habiller en militaire. Bertrand remarque le regard atten tionné de Nicolas sur ses photos, notamment celle de l'armée et lui dit :

'J'étais militaire avant d'intégrer la police, j'étais à Orléans, adjudant-chef. La guerre a mis fin à mes envies, je me suis dirigé vers la police, peut-être pour ne plus voir ces horreurs !' Nicolas ne peut s'empêcher de lui répondre ;

'Je comprends commissaire, j'ai servi pendant quatre ans au front, et j'ai vécu moi aussi cette horrible boucherie !'

Les deux hommes échangent quelques instants sur leurs services pour la France quand Bertrand lance à Nicolas :

'Monsieur Delamotte ! Revenons à nos moutons...Que puis-je faire pour vous ?'

Nicolas fait le récit total au commissaire Bertrand. Le fonctionnaire de police l'écoute attenti- vement, prend des notes, son visage reste impassible, et son silence finit par mettre Nicolas mal à l'aise. Une fois le récit terminé, Bertrand pose sa plume dans son support, se redresse face à Nicolas et lui dit :

'Monsieur Delamotte! Je vais envoyer mes hommes sur place pour s'occuper des corps et je vais aller voir moi-même inspecter les lieux. A votre avis, qui pouvait en vouloir ainsi à ces deux pauvres femmes ? Je suis au courant de la rumeur vous concernant monsieur Delamotte ! Entre nous, pensez-vous qu'il y ait eu un lien entre cette rumeur et ce double meurtre ?'

Nicolas se trouve toujours dans cette position délicate entre vérité et mensonge ! Il doit rester sur sa ligne s'il ne veut pas finir au bagne à la place de Montrichard ! Bertrand attend la réponse de Nicolas, il le fixe, essaie de déceler la moindre faille dans ses yeux, dans son comportement, dans sa voix. Nicolas répond :

'Je suis au courant aussi commissaire de cette stupide rumeur ! Vous savez cette histoire avec le Comte et mes parents c'est du passé, j'étais enfant, j'ai maintenant une famille et je ne veux pas la mettre en péril. Je sais que dans le village beaucoup de gens se plaisent à colporter cette rumeur, l'être humain est ainsi fait, surtout dans les petites communautés comme chez nous ! Il y a une chose qui est venue à mes oreilles il y a quelques jours, comme quoi le fils du défunt Comte, Eric de Montrichard, aurait envoyé des hommes à lui mettre en garde les habitants du village afin qu'ils gardent secrète l'information que le fils du Comte aurait échappé au drame qui a coûté la vie à son père!Pourquoi ? Je n'en sais rien, mais d'après une connaissance, je ne devais en aucun cas être au courant de sa survie…'

Bertrand était au courant aussi de cela et répondit à Nicolas :

'C'est bien pour çà Mr Delamotte que je vous ai demandé si vous pensiez que les meurtres et la rumeur étaient liés ! Vous savez je suis en poste depuis pas très longtemps et l'Officier Henri m'a informé de tout ce qu'il se passe dans ce village. Il est vrai que cette histoire m'intrigue beaucoup ! Le Comte qui veut les terres de vos parents, l'incendie de votre maison qui leur coûte la vie, vous qui rentrez de la guerre le même jour que l'incendie du château et la mort de son propriétaire d'une balle dans la tête ! Le fils blessé gravement mais qui survit… Tout cela, et j'en ai l'intime conviction est lié, mais je ne peux malheureusement rien affirmer dans l'immédiat bien sûr ! Mr Delamotte, je m'occupe des corps, je les fais rapatrier à la morgue municipale du dispensaire du village et je vous tiens au courant. Restez au village le temps de l'enquête s'il vous plaît…'

Nicolas sait qu'il lui est impossible de laisser sa famille dans une situation aussi dangereuse et interpelle Bertrand :

'Commissaire, moi je reste, mais j'envoie ma femme et mes enfants à Sedan chez ma tante au train de demain à 15h30, je ne veux prendre aucun risque comprenez-moi !'

'Je comprends Mr Delamotte, il n'y a aucun problème, en même temps çà vous rendra d'autant plus disponible pour l'enquête.' lui répond le commissaire.

Bertrand accompagne Nicolas à la porte de la gendarmerie, lui serre la main, une poignée ferme et franche, leurs regards se croisant un instant, celui de commissaire bien plus insistant, comme s'il recherchait un indice dans les yeux de Nicolas. Le comportement peut parfois trahir une personne, un regard, une expression du visage, des gestes nerveux, une élocution hachée et hésitante, tout cela Bertrand l'a appris durant ces années de service dans l'armée et aussi à l'Ecole de Police de Châteaudun sous les ordres de son père spirituel le Lieutenant-Colonel Olivier. Il sait qu'il n'a pas le droit de s'apitoyer sur Nicolas, sur ce qu'il a vécu enfant et même maintenant avec la mort atroce de sa mère. Il sait qu'à sa place, si ses parents avaient subi le même sort que ceux de Nicolas, il aurait sûrement ce désir de vengeance. Il est possible qu'il serait passé à l'acte dans un moment de folie où après avoir vécu cette violence et cette horreur pendant quatre années à la guerre ! Bertrand pense au fond de lui-même que Nicolas est un honnête homme et la famille Montrichard des crapules sans foi ni loi, qu'ils méritaient sûrement leur sort, mais il sait que le fils, Eric, est toujours vivant puisque c'est son collègue Henri qui l'a trouvé mourant au château et qui l'a sauvé en l'emmenant à l'hôpital à Paris. Il sait que Delamotte coure un grave danger, que de Montrichard est riche et puissant et qu'il peur corrompre qui il veut et qu'il s'est entouré d'hommes de main pour le protéger ! 'La situation est explosive' se dit-il en rangeant son revolver de service à sa ceinture dans son étui, il doit mobiliser ses collègues pour se rendre à la ferme de la pauvre Lucie.

Nicolas prend le chemin de la maison, il doit avertir Clara et les enfants que leur train est demain à 15h30. Avant il s'arrête à la poste, c'est l'apprenti qui est au guichet. Nicolas ne le connaît pas, c'est un petit nouveau. Celui-ci ne connaît pas Nicolas non plus. Il fait envoyer ce message à tante Emilie :

« Tante Emilie..Clara et les enfants prendront le train pour Sedan demain à 15h30...arrivée Sedan 17h30...Merci ma tante..Nicolas »

Nicolas paie, l'apprenti envoie le télégramme...Nicolas reprend son chemin.

L'ADIEU

Nicolas arrive à la ferme, il voit Clara dans la cour avec l'employé municipal chargé des cérémonies funéraires. Il se dit qu'ils n'ont pas perdu de temps, mais que c'est mieux ainsi puisque Clara et les enfants partent demain après-midi. Il s'approche de sa femme et de Raymond, l'employé qui connaissait bien Jacquotte et toute la famille. Il tient sa casquette contre sa poitrine en signe de respect pour l'évènement tragique, comme une personne qui quitte son chapeau devant un mort lors d'une cérémonie. Clara regarde son mari, ses yeux sont remplis de larmes, Raymond le salue. Clara dit :

'Raymond a été prévenu par la gendarmerie, et vient se proposer pour organiser les funérailles ! On fera celles de Lucie en même temps que maman, demain matin à dix heures !'

Nicolas baisse la tête, il pose sa main sur l'épaule de Raymond et lui dit :

'Merci Raymond de t'être déplacé pour organiser tout çà, c'est gentil et généreux de ta part !'

Raymond sourit à Nicolas, l'air gêné ne sachant quoi dire.

'De toute façon nous ne passerons pas à l'église, Mr le Curé vient directement au cimetière' dit Clara en remerciant à nouveau leur ami. Raymond reprend son chemin vers le village, il sait qu'il doit creuser avec ses collègues deux trous dans le vieux cimetière situé au pied de « la petite falaise », un endroit à l'abri du grand vent froid du nord. « On dit que le vent du Nord refroidit les âmes », ici elles sont bien protégées. C'est un vieux cimetière où quelques âmes reposent, beaucoup de croix penchées par l'usure du temps, et des tombes ne sont plus entretenues depuis longtemps ! La guerre a fait beaucoup de disparus dans le village et certaines tombes n'ont plus de famille désormais…

Clara a dû apprendre la nouvelle aux enfants, la tristesse et la détresse règnent dans la maison. 'Demain va être une dure journée compliquée pour tout le monde' se dit Clara. Non seulement elle va enterrer sa mère, mais elle va devoir quitter provisoirement son mari pour partir avec ses enfants chez tante Emilie à Sedan. Laisser Nicolas livré à lui-même, avec le danger permanent autour de lui la traumatise. Elle doit penser aux enfants et à leur sécurité.

La violence et la sauvagerie des meurtres de sa mère et de Lucie donne une idée de quoi sont capables leurs assaillants. Le repas du midi est bien triste, un silence de cathédrale règne dans la pièce, seuls les enfants mangent, Nicolas et Clara finissent de préparer les affaires pour le voyage. Clara, l'air soucieuse regarde son mari, elle pose le gilet qu'elle était en train de plier et dit à Nicolas :

'Mon amour, je ne peux pas te laisser tout seul ici ! Je vais mourir d'inquiétude, je ne tiendrais pas là-bas sans toi !'

Nicolas prend sa femme dans ses bras, la serre très fort, elle fond en larmes, son visage enfoui dans le cou de son homme. Il tente de la rassurer :

'C'est juste le temps de l'enquête mon amour ! Le commissaire Bertrand est de mon côté, je l'ai senti ce matin, il a des doutes sur le Comte, tout va vite se régler, je suis sûr que tu vas très vite pouvoir revenir ici avec les petits !'

L'après-midi passe très vite pour le couple, Nicolas est affairé aux corvées de la ferme, les animaux donnent beaucoup de travail. Tout est calme à la ferme, malgré tout il se méfie, il a gardé son revolver à sa ceinture, et machinalement il regarde régulièrement autour de lui, et scrute l'horizon de ses champs. Il sait très bien qu'il n'arrivera rien en journée, ils opèrent plutôt la nuit, par surprise, en traître !

Le repas du soir n'est pas plus gai que celui du midi, Clara a le cœur lourd, sa mère lui manque tellement, elle a besoin du réconfort de son homme, et ils doivent se quitter au pire moment...Elle sait que çà va être très dur tous ces jours à venir ! Nicolas passe sa nuit éveillé dans son lit, guettant le moindre bruit, son revolver sur la table de nuit. Il a renforcé les volets de la chambre des enfants, impossible de pénétrer dans leur chambre sans passer par la porte d'entrée, donc devant la porte ouverte de celle de Nicolas... Clara est endormi après avoir bu une tisane de plantes relaxantes, celle que lui préparait souvent sa pauvre mère. Nicolas se lève doucement, il se déplace sur la pointe des pieds sur le plancher de bois tout craquant. Il va d'une fenêtre à l'autre, la lune est belle ce soir, elle est son alliée, elle éclaire tous les alentours de la maison. La nuit est longue pour Nicolas et le matin le surprend alors qu'il s'est endormi sur une chaise, appuyé sur la table. Il se redresse, il a le dos cassé, courbaturé. Il est 6h30, Clara dort toujours et les enfants aussi. Il sort sur le palier de la maison, l'air frais lui glace le visage, il prend sa veste épaisse, ferme la porte à clé derrière lui, et part faire le tour de la ferme. Que cherche-t-il ? Une porte ouverte ? Un sabotage ? Un indice qui laisserait penser que quelqu'un est venu ici cette nuit... Il se raisonne, sa paranoïa le reprend ! Rien d'anormal dans la ferme, il remercie le Seigneur d'avoir préservé sa famille et les siens. Il doit se reprendre maintenant car il va falloir être fort ce matin, l'épreuve va être terrible… Clara est levée, elle a réveillé les deux garçons :

'Allez faire votre toilette avant de prendre votre petit déjeuner les garçons. J'ai mis vos affaires sur mon lit !'

Les enfants vont être vêtu pour l'occasion, et ils garderont leurs vêtements pour le voyage. Tout est prêt sur la table, Nicolas revient, entre dans la pièce, quitte sa veste et s'assoit a table. Le café est prêt, Clara passe derrière son homme, elle l'entoure de ses bras et l'embrasse tendrement dans le cou. Nicolas pose ses mains sur les siennes, il apprécie ce geste d'amour de sa femme, elle a besoin de réconfort, et pourtant c'est elle qui en donne à son mari. Leurs deux coeurs saignent, et il n'y a pas meilleurs pansement que l'amour. Elle s'assoit à côté de lui, pose sa main sur la cuisse de son Nicolas. Les enfants ont fini leur toilettes et rejoignent leur parent pour le petit déjeuner dans le calme. Nicolas et Clara vont à leur tour se préparer.

La famille est prête pour rejoindre le cimetière de 'la petite falaise'. Nicolas a préparé la charrette, attelé Bijou, son fidèle compagnon, ils montent tous dedans et les voilà en route. Nicolas conduit l'attelage, et tenir les rênes avec Bijou lui rappelle tellement de souvenirs, au front, ces allers retours avec la charrette chargée de cadavres, de blessés hurlants de douleur… Aujourd'hui, la douleur a changé de camp, c'est lui qui hurle sa douleur à l'intérieur de son coeur, de son âme…

Le chemin jusqu'au cimetière n'est pas très long, il se situe à l'ouest du village, ils y arrivent assez vite, il y a déjà du monde. Les badauds habituels du village qui ne savent pas quoi faire de leurs journées et qui viennent à chaque enterrement pour voir du monde et passer le temps. Il commence aussi à y avoir les amis de la famille Vaillant, les voisins, la belle famille de Lucie, car la pauvre femme était de l'assistance publique, donc pas de famille pour elle. Nicolas gare la charrette et attache son cheval à l'entrée du cimetière.

Il est pratiquement l'heure, le corbillard arrive au loin suivi par quelques personnes restées au village. Le Curé, l'Abbé Gabriel est à la tête du cortège. Nicolas et Clara se tiennent la main, les enfants sont juste derrière leurs parents. Le convoi s'arrête devant l'entrée du cimetière, Père Gabriel invite la famille et les autres à se joindre au cortège derrière la voiture des défuntes pour le dernier voyage ! Le petit convoi entre dans le cimetière, on peut voir les deux cercueils l'un à côté de l'autre sur le plateau de la charrette, des fleurs et des couronnes sont dessus. Le cocher s'arrête devant l'allée où ont été creusé deux trous profond d'environ un mètre soixante-dix. L'assemblée d'environ trente personnes se place autour des sépultures, elles sont dans la troisième allée, juste au bord du chemin. Clara et Nicolas sont à côté de Gabriel, lequel d'un geste demande aux employés de bien vouloir descendre les fleurs et ensuite placer les cercueils comme il se doit !

Raymond se charge des fleurs, qu'il dispose sur le côté pour l'instant. Il est embarrassé par une grosse couronne, il n'a pas les bras assez long pour pouvoir la transporter sans l'abîmer ! Son collège Adrien lui donne un coup de main. Nicolas est étonné de voir une telle couronne qui doit coûter très cher, il s'approche d'elle et aperçoit une inscription sur un ruban blanc qui entoure des roses rouges « POUR LA FAMILLE DELAMOTTE » ! 'Pour la famille Delamotte ?' Nicolas ne comprend pas...

'C'est la famille Vaillant ! Pas Delamotte !'

'Cette couronne est plus un message pour nous personnellement qu'un hommage aux défuntes, mais qui a offert cette couronne ?' se dit-il !

Raymond est là, c'est lui qui s'est chargé de récupérer les fleurs et les couronnes. Nicolas s'approche discrètement de lui et lui demande :

'Raymond vous savez qui a commandé cette couronne ? '

'Non Nicolas, c'est un monsieur qui est passé, il a payé et il est parti aussitôt ! Je ne l'avais jamais vu au village auparavant !'

Nicolas regarde Clara, ils ont la même idée dans la tête, le même mot sort de leurs bouches en même temps... »de Montrichard » ...

'Comment peut-il faire çà ce salaud ?!' dit Nicolas à Clara...Elle lui serre la main pour calmer sa colère et celle de son mari en même temps.

'Silence maintenant mon amour. Il est temps de se recueillir '

Père Gabriel commence son office, Nicolas se retourne vers l'assistance, scrute les gens présents, essaie de repérer un regard suspect, une attitude qui pourrait trahir l'individu ...

Il n'y a que des gens du village qu'il connaît très bien depuis tout petit, comment soupçonner le vieux Germain, Pierrot et les autres... Son cœur s'accélère, ses pulsions paranoïaques reviennent en lui, il faut qu'il se maîtrise. Un à-coup brutal dans son bras le ramène à la raison, Clara le retourne littéralement face à la cérémonie. Nicolas baisse la tête comme pour s'excuser auprès de sa femme et du curé qui prononce quelques versets de la Bible. Il a remarqué au moment de se retourner qu'il y avait le commissaire Bertrand et son collègue Henri dans l'assistance. Il espère qu'ils pourront peut-être repérer quelqu'un de suspect s'il y en a un...Il relève la tête et voit maintenant les deux policiers sur sa droite, ils ont changé de place, il les salue, ils lui font un signe discret de la tête. Il sait qu'ils ne sont pas là uniquement pour rendre hommage aux défuntes mais pour aussi surveiller le déroulement de la cérémonie. Il est surpris de ne pas avoir vu son amie Maryse dans la petite foule, elle a dû apprendre comme tous ceux qui sont là, le drame qu'il y a eu !

Les cercueils sont descendus dans les deux fosses maintenant, Père Gabriel demande le silence pour prononcer le « je vous salue Marie ». Tous baissent alors la tête pour s'incliner, joignent leurs mains et récitent avec le Père Gabriel :

'Je vous salue Marie pleine de grâce, le Seigneur est avec vous. Vous êtes bénie entre toutes les femmes et Jésus, le fruit de vos entrailles, est béni Sainte Marie Mère de Dieu. Priez pour nous pauvres pêcheurs. Maintenant et à l'heure de notre mort. Amen.'

Désormais le défilé peut commencer, les gens jettent une poignée de terre sur les cercueils, et présentent leurs condoléances à la famille de Jacquotte et la belle famille de Lucie.

Des mains se serrent, des embrassades de circonstance et l'endroit se vide de son assemblée. Il ne reste plus que Nicolas, Clara, les enfants. Nicolas aperçoit les policiers qui partent doucement vers la sortie. Le petit Luc, l'un des jumeaux regarde vers le haut, juste au sommet de la falaise et dit :

'Regarde papa il y a des hommes là-haut, ils n'ont pas peur de tomber ?!'

Nicolas lève la tête et aperçoit trois hommes sur 'la petite falaise', ils sont perchés sur des rochers et observent la scène. Un homme vêtu de noir, une cape volant au vent, on voit mal leurs visages car la lumière du matin éblouie quelque peu Nicolas. Les deux policiers ont entendu le petit Luc interpeller son papa et ils se sont retournés machinalement. Ils regardent eux aussi vers le haut et les trois hommes. Ils placent tous leurs mains sur leurs fronts en guise de visière pour mieux voir les trois silhouettes. Clara se colle à Nicolas et lui dit :

'J'ai peur mon amour, ces silhouettes fantomatiques me glacent le sang' Nicolas s'approche des deux policiers et leur dit :

'Vous voyez messieurs ! C'est Eric de Montrichard et ses hommes ! Que font-ils ici ? Vous avez vu également la couronne au nom de ma famille les Delamotte !? Comme si c'était notre enterrement à tous aujourd'hui, les Delamotte ! '

Bertrand est silencieux, il continue à regarder les trois qui se retirent maintenant. Il se tourne vers Nicolas :

'Monsieur Delamotte ! Soyez sûr que je note vos remarques et j'ai vu aussi ! Personne ne peut empêcher quelqu'un d'assister même sur une falaise à un enterrement, même si c'est le Comte de Montrichard ! Néanmoins j'irais l'interroger sur sa présence bien aérienne à l'enterrement de votre mère et de son amie, je vous tiendrais au courant monsieur Delamotte et encore une fois toutes nos condoléances...'

Il est près de midi maintenant, Nicolas et sa famille quittent le cimetière après avoir dit un dernier adieu à Jacquotte et Lucie. Ils ne doivent pas traîner, le train est à 15h30, ils doivent encore manger et charger la charrette pour se rendre à la gare. Ils rentrent à la ferme, Clara sort les restes du poulet, du fromage, du pain de campagne et la famille mange sur le pouce. La charrette est chargée, Bijou est prêt également, ils partent pour la gare. Le chemin n'est pas très long à charrette. Clara ne cesse de mettre en garde Nicolas, de lui donner des conseils et consignes...Nicolas sait tout cela, mais il laisse parler sa femme, il sait que çà la rassure qu'il l'écoute avec attention. Clara pose sa tête sur l'épaule de Nicolas, son bras droit entourant la taille de son mari. Elle sait qu'il va être seul maintenant, face a de Montrichard et ses hommes. Nicolas est un homme courageux mais seul contre tous...

Le quai de la gare est quasiment vide, juste un homme assis sur un banc, tenant un journal dans ses mains. Nicolas et sa famille regardent le train pour Sedan entrer en gare, il s'arrête dans un vacarme et une vapeur dense. Un « PCHIIIIIIII » assourdissant perce les oreilles des enfants qui se les bouchent avec les paumes de leurs mains. Le train est maintenant totalement arrêté et on peut entendre 'train pour Sedan, arrêt de 5 minutes' !

Nicolas monte dans le train chargé de deux grosses valises, Clara porte, elle, deux sacs de tissu. Ils prennent place dans un compartiment réservé à leur nom.

'C'est trop bien maman'. disent les jumeaux en posant leurs mains sur les boiseries sculptées de la cabine. Ils embrassent leur père et s'assoient. Clara entraîne Nicolas dans le couloir, elle tire la porte du compartiment, elle regarde son homme fixement et lui dit :

'Mon amour, jure-moi de faire attention à toi, ne prend aucun risque inconsidéré et laisse faire la police, je t'en supplie !'

Nicolas sourit à Clara, la prend dans ses bras, l'embrasse tendrement, et la serre ensuite très fort contre lui, elle ressent son cœur battre...

Nicolas descend du train et dirige vers la fenêtre du compartiment où se trouve sa petite famille. Il pose sa main sur la vitre, Clara fait de même. Leurs mains sont posées l'une contre l'autre, séparées par ce train qui commence à avancer doucement... Il s'écarte maintenant du wagon, celui-ci commence à prendre un peu de vitesse. Nicolas remarque que l'homme du banc est toujours là, qu'il le regarde par-dessus son journal !

'Bizarre cet homme' se dit Nicolas. Est-ce encore un coup de sa paranoïa naissante ? 'Bon sang je deviens dingue où quoi ? '. Le train part, il envoie des baisers à sa femme et ses enfants qui disparaissent au bout du quai dans un halo de vapeur blanche et un va- carme puissant. Nicolas se retourne, l'homme est toujours là ! Il le fixe un instant, son étrange personnage replonge dans son journal et Nicolas se rend compte d'une chose : 'Il lit son journal à l'envers cet abruti ! Il n'est pas là par hasard !'

Il doit savoir, il se rend au bout du quai, s'engage dans les escaliers du passage souterrain qui conduit au quai d'en face où se trouve l'homme « espion ». Il remonte l'autre versant des escaliers et se rend compte avec rage que l'individu est parti le temps qu'il traverse le tunnel, il a laissé son journal sur le banc. Nicolas le ramasse, il date de huit jours !

'Il a dû le trouver dans la gare ! Mais que voulait-il ? S'assurer que ma famille était bien partie sans moi ? Que maintenant j'étais seul ? Mais comment savait-il pour le train, le voyage ?

Nicolas reprend le chemin de la ferme, il continue à se poser toutes ces questions... 'Peut-être que c'était juste un voyageur où qu'il attendait quelqu'un qui n'est pas venu à son rendez-vous... Et Maryse ? Je ne l'ai pas vu à l'enterrement ! Je vais passer la voir c'est sur mon chemin ! '

Il a le visage fermé, l'air grave, il pense à sa famille :

'J'espère qu'ils seront en sécurité à Sedan, personne ne connaît la demeure de tante Emilie...'

Il prend le raccourci du « port au bois », il mène directement chez son amie Maryse...

LES MAINS DANS LE DOS

Nicolas arrive dans le hameau du 'port au bois', petite bourgade d'une vingtaine d'habitants à un kilomètre du village. Il se souvient de l'endroit où se trouve la maison des parents de Maryse, il passe devant, et ses souvenirs rejaillissent du passé. Il a souvent joué avec elle dans cette cour sous le grand saule pleureur, son père leur avait fabriqué une balançoire accrochée à une grosse branche. Il passait des heures à pousser sa 'petite amie' et elle lui racontait des histoires pendant qu'elle se balançait. Il se souvient aussi du gros chien qu'elle avait, un Berger des Pyrénées, il s'appelait César, il portait bien son nom, il était blanc, majestueux. Il a beaucoup de bons souvenirs avec Maryse dans cette maison familiale, ses parents étaient très gentils avec lui, il n'était pas rare qu'il mange avec eux le midi, il adorait la cuisine de sa mère ! C'était une formidable pâtissière !

Il passe la maison des parents de Maryse et s'arrête au bout de la rue, sa maison est là, les volets sont fermés, il ne fait pas encore nuit pourtant...Il gare s charrette le long de la petite haie, attache Bijou à un des piliers de l'entrée de la maison. Il entre dans la cour, la maison n'est pas très grande, il y a un étage, çà doit être la chambre là-haut suppose Nicolas en levant la tête. Sur la toiture une petite lucarne servant de fenêtre, avec des jolis rideaux brodés, sûrement encore sa mère, elle savait tout faire cette femme !

Nicolas arrive devant la porte d'entrée, il n'y a pas grand bruit dans le quartier. Passé une certaine heure les gens ont tendance à s'enfermer chez eux, laissant le hameau et les rues sans vie. Il pose son oreille sur la porte, essaie de contenir sa respiration pour ne pas s'entendre lui-même, mais rien. Il frappe plusieurs coups, attend quelques secondes, il frappe à nouveau. Il commence a être inquiet et son coeur bât plus fort, il a des frissons partout sur le corps. Il a l'impression de revivre la même scène, la même situation que lorsqu'il est allé chez Lucie et que personne ne répondait à ses appels, que ce soit à la maison où ailleurs dans la ferme !

Nicolas se dit que peut être elle est chez ses parents devant une bonne tarte aux coings et un bon café bien chaud ! Il aimerait bien être sûr de lui mais la maison parentale était visiblement vide de toute âme, il n'y avait aucune lumière à l'intérieur et la moitié des volets étaient fermés, ils étaient partis. Il frappe à nouveau, rien ! Il décide de faire le tour de la maison, il inspecte les fenêtres dont les volets sont restés ouverts, il n'y a personne dans les pièces qu'il peut voir. Il remarque qu'il y a une petite porte qui donne derrière la maison, sur le jardin. Il y a une petite cabane le long de l'allée principale. Il va voir, il ouvre la petite porte faite de planches de bois, une cabane artisanale, très simple. Il n'y a que des outils à l'intérieur. Une pelle, une bêche, bref tout ce qu'il faut pour entretenir un potager ! Il referme la porte du cabanon et revient vers la maison. Il sourit quand même car il reconnaît le petit côté maniaque de Maryse, le jardin est impeccable, pas une herbe qui dépasse, tout est au carré ! 'Elle n'a pas changé' se dit-il..

La porte de derrière de derrière n'a pas de vitre, il ne peut pas voir dedans et du coup il frappe à nouveau... » boum boum

boum !! » Trois coups secs et lourds avec le poing, et la force de l'impact ouvre une porte à peine fermée, juste à demi enclenchée. Nicolas pense qu'elle devait être dans le jardin et qu'elle est rentrée se changer, il pousse la porte et s'écrit :

'Maryse ? Tu es là ? C'est moi Nicolas !!'

Aucune réponse de la part de son amie ! Nicolas est après tout son meilleur ami, il se permet de rentrer vraiment dans la maison, sans être invité ! Il se retrouve dans la petite cuisine, et contrairement à son jardin bien carré, c'est plutôt un peu le bazar, il y a un plat sur la table avec de la nourriture dedans qui n'a pas été touché, le verre d'eau est encore plein et le pain est dur… Comme si elle allait se mettre à table et rien…

'A-t-elle dû partir précipitamment ?' se demande Nicolas..

'Bizarre que la porte de derrière était ouverte, même s'il n'y a pas de voleurs ici !'.. mais il se souvient comment elle était le jour où il l'a vu à la taverne ! Elle était apeurée, méfiante de tout, elle n'osait à peine parler devant les gens ! Il sait qu'elle aurait quand même fermé sa porte avant de partir ! Il continue sa 'visite' malgré lui, et arrive dans le salon, ou deux chaises sont renversées et le tapis au sol est de travers, comme s'il y avait eu une lutte où une poursuite dans la maison. Ça devient plus sérieux pour Nicolas, la situation est anormale et il sort son revolver, arme le chien, et place son bras droit devant lui, près à viser et à faire feu ! 'MARYSE !!!MARYSE !!!' crie-t-il …Il entend un petit bruit aigu qui vient de l'étage, il se place au bas de l'escalier qui monte à la chambre. Il se baisse légèrement pour voir le haut de la trémie et aperçoit un petit chat, assis sur la dernière marche. Il miaule en voyant Nicolas.

'C'est sûrement la chat de Maryse, elle a toujours eu des animaux chez elle !' pense Nicolas.

Il monte les marches une à une en prenant garde d'un éventuel danger dans la pièce du haut. Il n'est pas rassuré, tous ces évènements l'ont rendu si méfiant...Il est au milieu de l'escalier maintenant, il voit la moitié de la pièce désormais, et le chat vient à sa rencontre, il se frotte à sa jambe, il ronronne.

'Il n'a pas l'air si affolé que çà' ..se dit Nicolas !

Il lui reste cinq marches. Arme au poing prêt à tirer, il pivote pour être face à l'autre moitié de la pièce qu'il ne voit pas. Et là, c'est la CHOC !!!!

Il découvre Maryse, pendue haut et court à une poutre de sa charpente !! Il tombe à la renverse, assis sur la dernière marche ! Cette vision terrible et la deuxième en peu de jours, Nicolas reste figé, ses yeux sont ouverts d'effroi, il ne réalise pas que son amie, son amour d'enfance soit là, devant lui, pendue, les yeux bandés.

'Pourquoi a-t-elle les yeux bandés ? S'est-elle suicidée ? Elle avait mon âge ! Pourquoi s'être bandé les yeux ? ' ...Nicolas se tient la tête à deux mains….

Il est maintenant sous le corps suspendu à un mètre cinquante du sol. Il fait le tour et là c'est à nouveau un choc, Maryse a les mains liés dans le dos, et il n'y a aucun tabouret au sol sur lequel elle serait montée pour ensuite basculer dans le vide !

'Comment est-ce possible ?? Elle a forcément été assassiné elle aussi !' se dit Nicolas.

'Elle n'a pas pu lier ainsi ses mains dans le dos avec cette cordelette ! Le nœud est trop bien serré pour qu'elle puisse le faire toute seule ! '

Pas de support au sol, et il remarque aussi que la corde est attachée à une poutre verticale.

'Elle a été hissé là-haut ! Quelle horreur, la pendaison a été lente, elle s'est vu mourir doucement, sûrement comme maman dans la grange de Lucie...Maryse a bien été assassiné il n'y a pas de doute !!' Il détache la corde de la poutre verticale et fait glisser doucement le corps pour arriver au sol. Il retire le bandeau des yeux de la pauvre fille, ils sont clos, ses lèvres violettes, sa peau si froide. Nicolas pleure, il la prend dans ses bras, et la dépose douce- ment sur le lit. Il la recouvre d'un drap blanc pris dans l'armoire. Il reste près d'elle un instant. Il doit prévenir la police, il doit partir. Il descend les marches, il essuie les larmes qui coulent sur ses joues, le petit chat le suit, il est seul maintenant, sa maîtresse n'est plus ! Nicolas prend le petit chat dans ses bras et quitte la maison, il le place à côté de lui dans la charrette et prend la route, il doit rendre compte au commissaire Bertrand du drame qui a touché Maryse. Nicolas se dit qu'il y a des morts partout où il passe, comme quand il était à la ramasse, au front avec Bijou. Les cadavres se succèdent de la même façon, il perd tout ceux qu'il aime ! Il parle tout seul, il pleure :

'Mais pourquoi elle Seigneur ? Qu'a-t-elle fait de mal ?'

Là son coeur s'accélère, un étourdissement l'envahit comme une poussée de tension : 'La taverne !!!! Le secret ! Voilà pourquoi on l'a assassiné ! Elle m'a parlé à la taverne et quelqu'un a dû le rapporter aux hommes de 'de Montrichard' ! Elle a été exécutée pour avoir parlé, m'avoir averti !'

Il est sur le chemin qui le mène au village, il va passer devant sa ferme. Il va y déposer le chat et rentrer ses bêtes avant d'aller à la police. Il ne va pas tarder à faire nuit, et il doit sécuriser la ferme avant de ressortir. Il arrive à la ferme, saute de la charrette et commence à faire son tour. Le chat disparaît lui dans la grange à la découverte de son nouveau chez lui.

LA VISITE

Auparavant…

Il est 15h30, Bertrand et Henri vont au château rendre une petite visite au Comte histoire de lui poser quelques questions. Ils sont l'un à côté de l'autre sur leurs chevaux, la demeure de, de Montrichard n'est plus très loin, et Henri qui connaît son collègue le prévient :

'Commissaire, je tiens à vous prévenir que cet homme n'est pas beau à voir, le feu l'a rendu complètement hideux et repoussant ! Je ne l'ai pas revu depuis qu'il est rentré de l'hôpital de Paris, mais l'infirmière qui faisait ses pansements m'avait fait la description, son visage a littéralement fondu, et il n'a plus rien d'humain ! Il n'a jamais voulu me dire qui avait tué son père, attenté à sa vie et mit le feu au château..Je suis sûr qu'il le sait très bien mais qu'il se garde de le dire ! Il a une idée derrière la tête !'

Bertrand reprend derrière lui :

'Vous savez Henri, j'ai parlé avec Delamotte, et lui aussi se garde bien de nous dire la vérité, je le sens, il ment...Les deux nous mentent !! L'un s'est vengé ! L'autre veut se venger Henri ! Qu'en pensez-vous ?'

Henri acquiesce mais rétorque :

'Le problème c'est que nous n'avons pas la moindre preuve pour les deux protagonistes !' Les deux hommes de loi entrent dans la cour du château du Comte de de Montrichard.

Quelques hommes s'y trouvent, ils s'activent à rentrer du fourrage dans une grande dépendance sur le côté du château. Le Comte possède un bon cheptel de vaches laitières, de moutons et même des chevaux qu'il revend sur le marché aux bestiaux de la région. Sur ses terres il cultive le blé, l'orge et le maïs. Sa fortune n'est plus à démontrer et son influence économique dans la région est énorme ! Beaucoup de petits paysans dépendent de lui car il fixe lui-même le cour du blé et des autres céréales puisqu'il est le plus gros producteur. La coopérative est dans sa poche, il fait la pluie et le beau temps dans le pays ! Bertrand et Henri s'approchent de la grande porte d'entrée quand un homme, plutôt inconnu dans la région aux yeux d'Henri, vient au-devant et leur demande d'une voix agressive, en posant sa main sur la crosse de son revolver accroché à sa ceinture :

'Messieurs ! C'est une propriété privée ici ! Vous êtes chez le Comte de Montrichard ! Que voulez-vous ?'

Bertrand sent que l'homme est tendu, comme s'il se préparait à recevoir une mauvaise visite ! Il regarde son collègue Henri, ce dernier semble figé par l'accueil brutal ! Les deux hommes descendent de cheval, l'homme armé fait un pas en arrière prêt à dégainer.. 'Calmez-vous mon vieux !! Et laissez votre arme au chaud dans son étui si vous le voulez bien ! Je suis le commissaire Bertrand et voici l'Officier Henri. Nous venons voir le Comte, veuillez nous annoncer s'il vous plaît ! '

L'homme menaçant ne l'est plus désormais et répond :

'Veuillez m'excuser messieurs, j'assure la sécurité de Monsieur le Comte, je vais le prévenir !' Quelques secondes après il revient :

'Le Comte va vous recevoir, veuillez me suivre…'

Les policiers entrent dans la grande demeure où il y règne une odeur de bois et tissu brûlés. Tout est sombre, les fenêtres sont recouvertes de voilures. Ils passent trois grandes pièces puis arrivent dans une immense salle où une cheminée est illuminée par un feu incandescent. Au coin de cette cheminée un fauteuil au dosseret haut. On ne distingue pas vraiment, mais on devine une silhouette assise dedans, les mains posées sur les accoudoirs. La seule lumière dans cette pièce est celle produite par les flammes ardentes du feu dans l'immense cheminée dans laquelle on pourrait facilement y mettre des bûches de deux mètres ! Bertrand et Henri sont au milieu de la pièce, abandonnés là par l'homme de main du Comte. Ils ne voient pas très bien où se trouve le Comte quand une voix brise le silence :

'Approchez messieurs ! Asseyez-vous je vous en prie ! Allons approchez…'

Les deux hommes s'avancent et découvrent deux chaises vides qui leur sont destinées. Elles sont placées à droite et à gauche du Comte, en face de lui. Les policiers s'assoient face au Comte, ils ont du mal à voir son visage, il semble recouvert d'un voile ou un foulard.

Bertrand ne voit que par moments quand les lueurs des flammes veulent bien éclairer la silhouette mystérieuse qui les reçoit :

'Que puis-je pour vous messieurs Bertrand et Henri ? Vous savez je ne reçois jamais de visiteurs ici ! Quel bon vent vous amène ici ?'

Bertrand remarque le ton étonné du Comte… Il sait qu'il s'attendait à leur visite, ne serait-ce que par rapport à sa présence à l'enterrement, ce qui a le don d'énerver Bertrand!Henri lui est complètement figé et impressionné par la situation…Bertrand répond au Comte : 'Monsieur le Comte, je vous ai vu il me semble aujourd'hui à l'enterrement de Mme Vaillant et son amie Lucie! Vous aviez un lien particulier avec ces personnes ?'

Un silence s'installe durant une minute. Les deux policiers se regardent, interrogatifs... Le Comte leur répond avec toujours cette arrogance et ce ton hautin :

'Vous savez commissaire, contrairement à vous, je connais ce village et j'ai déjà eu affaire avec les Vaillant, une vieille histoire ! J'ai voulu leur rendre hommage en me rendant aux obsèques de cette pauvre femme. C'était tellement triste de voir cette famille dans la souffrance...D'ailleurs comment est-elle morte ? J'espère qu'elle n'a pas trop souffert !!' Bertrand serre son poing énervé par ce cynisme total...Cette crapule a le culot d'en mettre une couche... Bertrand enchaîne :

'Eric de Montrichard où étiez-vous avant hier durant la journée ?'

Le Comte éclate de rire..Un rire qui claque comme un coup de fouet dans la pièce ! 'Commissaire vous n'êtes pas sérieux !? Vous soupçonnez un gentilhomme comme moi ou je me trompe ?? Commissaire, il y a assez de cul-terreux dans ce pays à accuser vous savez !' Bertrand commence à perdre patience devant autant de dédain et d'arrogance :

'Monsieur de Montrichard, malgré tout le respect que je vous dois, je vous demande de ne pas commenter mes questions mais d'y répondre !'

'Bien...bien...bien commissaire, veuillez excuser ma réaction mais je suis tout de même surpris par cette question ! J'étais au château, ici dans la pièce où mon pauvre père a été assassiné sur ce même fauteuil !! Mes employés pourront témoigner sans problèmes commissaire !' Le Comte a une voix sûre, un aplomb infaillible, il est certain de son coup...

Bertrand regarde Henri et lui fait signe de la tête pour qu'il pose la question au Comte comme convenu ! Henri semble avoir la gorge serrée, nouée, impressionné par l'ambiance macabre qu'il règne, et il a du mal à trouver ses mots.Bertrand, pas perturbé, par cette mise en scène déstabilisante prend la parole à nouveau à la place de son collègue éteint :

'Monsieur de Montrichard, lorsque vous étiez avec mon collègue ici présent aux Hôpitaux de Paris, vous lui avez dit ne pas connaître votre agresseur ! Vous l'avez eu pourtant en face de vous puisqu'il vous a tiré une balle en pleine poitrine ! Seriez-vous devenu amnésique ou voulez-vous nous cacher quelque chose ?!'

Le Comte ne rit plus maintenant, et d'une voix plus dure répond au commissaire : 'Commissaire Bertrand, comme je l'ai écrit sur cette ardoise le jour où votre collègue me l'a demandé, je ne sais pas qui était dans ma demeure ce jour-là ! Ce que je sais c'est qu'il a abattu mon père comme un chien et que c'est votre rôle de le retrouver !!'

La voix du Comte est ponctuée par un coup de poing sur l'accoudoir de son vieux fauteuil. La rage l'habite, Bertrand le ressent bien. Il se lève :

'Merci monsieur de Montrichard, nous vous laissons. Merci d'avoir répondu à mes questions !' Le Comte se lève, il est appuyé sur une canne :

'Messieurs ! Vous connaissez le chemin ! Je souffre trop de mes jambes pour vous accompagner !' Bertrand et Henri traversent les pièces et se retrouvent vite dehors, ils récupèrent leurs montures et ils reprennent la route. Henri se sent mieux, il était complètement bloqué par la situation, cette ambiance pesante ! Bertrand le regarde et lu demande :

'Qu'en pensez-vous Henri ?! Je ne le sens pas ce Comte ! Pour un homme qui souffre soi-disant des jambes comme ça, je l'ai trouvé bien agile ce matin sur 'la petite falaise', debout sur les rochers avec ses hommes ! Et qu'il n'ait pas vu son agresseur je n'y crois pas du tout !!'

Pendant ce temps le Comte a demandé à un de ses hommes de suivre à distance les deux policiers pour connaître leur action après cet entretien houleux.

Henri reste muet là-dessus mais il n'en pense pas moins. Les deux hommes rentrent au village pour rejoindre la gendarmerie mais Bertrand n'est pas rassuré sur le déroulement de l'affaire, il dit à Henri :

'Passons chez Delamotte, c'est sur notre chemin, il faut le mettre en garde, trop de choses sont arrivées en très peu de temps pour être une simple coïncidence ! '

Ils arrivent devant la ferme de Nicolas, celui-ci revient de l'étable où il a nourri ses bêtes.

Il a vraiment la tête ailleurs, il n'arrête pas de penser à Maryse, cette pauvre fille qui a payé de sa vie pour l'avoir prévenu !

'Salopard de de Montrichard ! Il mériterait que je finisse le travail que j'avais commencé ! J'aurais dû m'assurer que je l'avais eu ce fumier, comme son père !' pense Nicolas !

Il aperçoit les deux hommes venir à lui. Ils ont l'air grave. Nicolas est maintenant devant eux, ils descendent de cheval, et Nicolas les interpelle :

'Messieurs ! J'allais justement partir pour la gendarmerie, il est arrivé encore un drame !' Bertrand et Henri se regardent, Nicolas enchaîne :

'Je suis allé chez mon amie Maryse Toussaint voir si elle allait bien car étrangement elle n'était pas à l'enterrement. Elle connaissait ma famille, et moi la sienne, elle aurait dû être présente !

Je suis rentré chez elle car la porte de derrière était ouverte, j'ai trouvé son corps à l'étage pendu !! Tenez-vous bien commissaire, elle avait les mains liées dans le dos et son corps avait été hissé avec une corde placée sur une poutre de la charpente ! Maryse a été assassiné !!'

Bertrand regarde Nicolas et lui répond :

'Monsieur Delamotte, décidément depuis votre retour de front il n'y a que des cadavres autour de vous ! A votre avis qui pouvait vouloir du mal à votre amie ? Vous avez sûrement une petite idée !?

Nicolas qui a reçu la remarque en pleine figure est piqué au vif. Il sait que le commissaire n'a pas tort non plus, il est exaspéré, il s'assoit sur le rebord du bac à fleur au milieu de la cour, il soupire il répond au commissaire :

'J'ai vu Maryse il y a quelques jours à la taverne, elle était apeurée, elle voulait me parler, me mettre en garde sur le fameux secret orchestré par de Montrichard et ses hommes de main ! Elle m'a supplié de n'en parler à personne, elle avait peur des possibles représailles. Je pense qu'elle a été denoncé par une personne qui se trouvait autour de nous dans la taverne ! C'était mon amie d'enfance, elle ne méritait pas tant de cruauté !! Il faut faire quelque chose commissaire, il faut arrêter cette boucherie !'

Le commissaire Bertrand envoie Henri chercher deux hommes à la gendarmerie afin de se rendre chez cette malheureuse Maryse Toussaint pour retirer le corps et inspecter la maison à la recherche d'indices. Henri prend la route et Bertrand se tourne vers Nicolas :

'Monsieur Delamotte, j'ai vu de Montrichard, je sais qu'il a un contentieux avec vous, j'en suis persuadé, malgré qu'il essaie de prouver le contraire ! Je sens aussi que vous ne me dites pas toute la vérité monsieur Delamotte ! Faites attention à vous, vous êtes sûrement en danger et vous le savez ! J'enverrais une patrouille tourner autour de votre ferme et dans le secteur cette nuit au cas où !'

Nicolas reste sans voix, il regarde Bertrand et lui répond :

'Merci commissaire, je vais rester sur mes gardes ! J'ai mis ma famille à l'abri loin d'ici, je suis tout seul à la ferme. Je suis armé, je me défendrais...J'espère que votre enquête va progresser et vous trouverez les preuves inculper et arrêter ce meurtrier quel qu'il soit !!'

'Je fais le maximum Delamotte, çà progresse, faites attention à vous surtout ! Restez dans le coin au cas où j'ai besoin de vous !'

Bertrand salue Nicolas, et lui lance un dernier regard plein de malice. Nicolas se doute bien que ce fin limier de commissaire sait qu'il ment, comme lui ment aussi de Montrichard et qu'entre les deux hommes se déroule un duel à distance qui finira sûrement en affrontement, en duel !

Bertrand s'éloigne et prend la route sur son cheval, il disparaît au loin. Nicolas est maintenant livré à lui-même, il doit se préparer au cas où ! Il va dans la grange, il se souvient que son père avait tout un stock de pièges à loups, il pourrait s'en servir pour sécuriser les abords de la ferme, les différents passages ! Il prend la brouette, va dans la grange.

'Ils doivent être dans la grosse malle de bois !' se dit-il... En effet, une bonne dizaine de pièges s'y trouvent.

'Ils sont bien poussiéreux mais çà devrait faire l'affaire !!'

Il les charge dans la brouette quand il sent quelque chose qui le touche derrière le mollet. Il se penche, et voit le petit chat de Maryse, le nouveau venu à la ferme !

'Mince j'ai pas pensé à toi avec tous ces pièges !'

Il prend le chaton, il le met dans sa veste, et il sort de la grange avec son chargement.

'Il faut que je te mette en sécurité à la maison, si tu te prends dans un piège tu vas être coupé en deux !'

Une fois le chat en sécurité dans la maison, enfermé dans la chambre des enfants, Nicolas part poser ses pièges un peu partout sur la propriété.

'Je vais en mettre deux derrière la grange sur le petit chemin qui longe le grand mur, deux derrière l'étable, deux derrière la

maison, et le reste sur le chemin menant aux grands champs !
S'ils viennent, ils ne prendront pas le risque de passer le portail
de la cour !'

Nicolas est seul maintenant mais il parle à haute voix,
comme s'il était avec quelqu'un, peut-être pour gagner en
assurance...

SEUL AVEC LUI-MÊME

Il entre dans la maison, il quitte sa veste, la jette sur la chaise près de la porte. Il claque la porte derrière lui, la ferme à clé. Etre seul dans cette maison vide lui fait bizarre, lui qui est habitué à tant de vie autour de lui. Nicolas n'a même pas faim. Il pose son revolver sur la table, récupère le fusil dans l'armoire de l'entrée et vérifie s'il est toujours bien chargé. Il pose le calibre 12 dans le coin de la porte. Les volets sont juste entrouverts légèrement pour voir dehors et tirer si besoin. Il s'adosse au mur de la grande pièce, et se laisse glisser jusqu'à que ses fesses touchent le sol, il ramène ses genoux contre sa poitrine. Ses bras entourent ses jambes pliées, il pose son menton sur ses genoux, regarde devant lui...Son regard est vide, il est épuisé par sa vie actuelle, usé par tant de souffrance. Il pense à sa femme, ses enfants, sa pauvre mère, la petite Maryse...Il repense à ses parents, l'image de la maison en feu et lui, fuyant les assassins. Il revoit la porte des Vaillant s'ouvrir devant lui et leurs bras enlaçant son pauvre corps gelé ! Dans son esprit défile le film de sa vie, ses joies, ses peines, la guerre, ses enfants, Clara…

Il n'est pas bien dans son coeur, un spleen l'envahit, ses yeux se remplissent de larmes, il pleure comme un enfant, il a les poings serrés, il serre les dents, il sent une rage l'envahir, il se relève, il piétine autour de la table, il a envie de hurler. Il envoie son poing dans la porte de chêne, il s'est fait mal, maintenant il hurle…

'Je vais te tuer de Montrichard ! Je vais t'envoyer rejoindre ton maudit père en enfer !'

Il sort du placard une vieille bouteille de goutte que son père gardait précieusement, il en buvait un petit verre pour se donner du courage avant d'aller travailler. Nicolas qui ne boit pas souvent, retire le vieux bouchon de liège, une odeur puissante s'échappe du goulot, il se verse un bon verre. Il le porte à ses lèvres et s'enfile le contenu cul sec ! Nicolas ferme les yeux, il sent la chaleur intense de la boisson traverse son corps, pour arriver dans son estomac. Il souffle un grand coup comme pour évacuer cette chaleur, il est tout rouge, mais « que diable » il est revenu à lui désormais et il a retrouvé sa lucidité. Il doit être bien éveillé, il peut être attaqué à tout moment par la bande à de Montrichard. Il sait qu'ils ne lui feront aucun cadeau !

Il s'assoit sur une chaise autour de la table, prend son revolver, défait le barillet et vérifie qu'il y a bien les six balles puis referme le chargeur. Il est prêt, fin prêt à en finir avec cette histoire sans fin !

'Ce sera lui où moi, mais il faut que tout cela cesse si je veux que ma famille revienne !' se dit Nicolas, en simulant une visée imaginaire avec son revolver.

'D'ailleurs je ne sais même pas s'ils sont bien arrivés à Sedan chez tante Emilie, je passerais demain matin à la poste, Clara devait m'envoyer un télégramme pour me prévenir de leur arrivée !'

LES RENARDS DE FEU

Ce soir le ciel est couvert, la lune très voilée, on ne voit pas grand-chose dehors. Nicolas décide de faire un tour de ronde, histoire de s'assuer que tout est calme. Son revolver est à nouveau à sa ceinture et il a son fusil dans sa main droite et sa lanterne main gauche !

Il a pris soin de bien fermé sa porte d'entrée. Il fait frais ce soir, il a remis sa grosse veste épaisse, relevé son col, il s'engage dans la cour. Un regard à droite, un regard à gauche, il guette le moindre bruit. Il se dirige vers la grange, les portes sont bien fermées comme il les avait laissé tout à l'heure, l'étable est idem. Il doit aussi faire attention aux différents pièges qu'il a placé, ce serait un comble s'il se prenait un pied dedans, surtout qu'il est seul et personne pour lui venir en aide ! Il fait le tour de la maison, il vérifie à nouveau que les volets des chambres soient bien bloqués bien qu'entrouverts, telles des meurtrières comme au temps des châteaux forts. Avec sa lanterne il éclaire l'abri où se trouve le lavoir de Clara, il y pénètre, tout semble calme. La lune semble enveloppée d'un voile de soie, on distingue sa lueur, on devine à peine ses rondeurs, sa lumière est vraiment filtrée ce soir. Nicolas sort du lavoir, il emprunte le chemin qui rejoint les grands champs, il s'appuie un instant sur une des barrières et contemple les quelques lumières du village que l'on voit au loin. Le silence est lourd, même pas une chouette, un oiseau, un chien au loin…Rien ! Pas un bruit !

'Peut-être est-ce mieux pour pouvoir entendre arriver un éventuel ennemi potentiel et ne pas être pris par surprise !' se dit Nicolas.

Il commence à avoir froid dehors, il se décide à rentrer à la maison et se reposer enfin car il en a besoin ? Il sait qu'il ne pourra pas dormir mais au moins se reposer, se mettre sur le rockin chair de sa mère, celui se lequel elle se balançait doucement en tricotant, le soir au coin du feu. Nicolas pose son fusil derrière la porte, il retire sa veste, la range dans l'armoire. Il frotte ses mains l'une contre l'autre pour se réchauffer, et remet une bûche dans le gros poêle à bois. La cafetière sur le poêle est plus que tiède, il se sert un bon café, se pose sur la rocking chair, et porte la tasse à ses lèvres. Le nectar noir coule dans sa gorge, il sent la chaleur l'envahir, il est bien, apaisé…Etre sur le fauteuil de sa mère lui procure un sentiment fort, il serre fort l'accoudoir dans sa main gauche, il ferme les yeux et l'image de Jacquotte apparaît dans son esprit, elle est là, souriante, elle tricote un joli gilet pour lui, ses yeux brillent d'amour ! Nicolas pose sa tête contre le dossier du fauteuil, son corps se relâche, il lui semble lourd et léger à la fois, il a une sensation de décorporation, il a l'impression de pleurer au-dessus de son enveloppe charnelle. La fatigue est-elle qu'il s'assoupit. Il rêve, ses enfants, sa femme, sa famille… Un défilé de visages, de cris, de voix, d'images les plus insolites les unes que les autres !

Sa tête bascule de gauche à droite, ses jambes bougent par à-coups, ses rêves perturbent son corps jusqu'au moment où la tasse de café vide qu'il tenait dans sa main droite tombe au sol, le bruit de la timbale de métal sur le parquet de bois déchire le silence et le réveille brusquement ! Nicolas ouvre les yeux, l'air perdu, se demandant ce qu'il se passe et portant sa main droite à sa ceinture, directement à son revolver ! Son premier réflexe est de regarder la porte, les volets !

Il se redresse, se lève et bouscule la timbale avec son pied.

'Merde ! Quel abruti ! Je me suis endormi ! Quel cauchemar bizarre !'

Il reprend doucement ses esprits, il ramasse la tasse et se ressert un café, il en a bien besoin ! Il boit doucement, il s'étire le dos en levant ses bras au ciel et en se mettant sur la pointe des pieds. Son corps craque au niveau lombaire et cervicale, il faut dire que ça fait quelques nuits qu'il n'a pas dormi dans un bon lit, il est terriblement courbaturé ! Il fait quelques pas dans la maison pour se dégourdir les jambes, il entre dans la chambre des enfants, le petit chat est couché en boule sur le lit des petits. Nicolas s'assoit près de lui, il le caresse doucement, il sent le corps du chaton vibrer sous sa main, il ronronne de plaisir.

'Bizarre, hier tu étais auprès de ta maîtresse, aujourd'hui elle est morte, tu es sur le lit de mes enfants, dans une autre maison avec d'autres personnes !'... pense Nicolas.

Son regard se porte vers la fenêtre et les volets de la chambre tout en caressant le petit félin. Il aperçoit une lueur entre les volets entrouverts, une lumière assez vive...Nicolas bondit vers la fenêtre, il l'ouvre et pousse juste le volet de sa main gauche pendant que dans sa main droite, son revolver pointe devant lui...Cette lueur éclaire une bonne partie du ciel bas et l'horizon. 'Cà vient du grand champ !' se dit Nicolas !

'Le feu!Il y a le feu ! Les fumiers ! Ils ont mis le feu dans mon champ !'

Nicolas saute sur son fusil, met sa veste vite fait et accourt vers le chemin des grands champs.

Il prend garde aux pièges. Il est figé au bord du fossé qui borde son terrain. Le feu est désormais bien lancé. Nicolas sait que seul il ne peut rien faire mais il espère qu'avec un peu de chance le feu s'arrêtera au bord du chemin qui sépare les deux étendues de fourrage. Il a besoin de ce fourrage pour cet hiver, c'est vital pour ses bêtes. Soudain, comme un diable sorti de l'enfer, une boule de feu passe à côté de lui, et prend le chemin de la maison. Un gros bruit retentit et un cri strident déchire le silence.

'Le piège ! Il s'est déclenché !'

Nicolas fonce vers ce piège, celui qu'il a posé hier à côté de la barrière. Il y découvre un renard pris par l'arrière-train entre les mâchoires d'acier, la bête souffre, la grande queue en panache brûle encore et la moitié de son dos est déjà à moitié calcinée.

'C'est toi la boule de feu !' se dit Nicolas, prenant pitié de la pauvre bête agonisante. Il l'achève d'un coup de fusil. Il approche sa lanterne et voit accroché à la queue du renard un amas de corde encore luisant, fixé par un fil de fer.

'Bon sang, ils se sont servis de toi pour répandre le feu dans le champ, quelle bande de chiens !!'

Nicolas se dit qu'il ne doit pas être le seul renard sacrifié de la sorte, il retourne vite au bord du champ, et effectivement il voit d'autres bêtes passer et repasser, hurlantes de douleur, le feu gagnant leur fourrure et enflammant en même temps son champ. Il prend son fusil, il le porte à son épaule, se met en joue et guette le moindre animal qui passe ! Une première déflagration retentit dans la nuit, il vient d'abattre un pauvre renard en feu qui partait rejoindre l'autre partie du champ. Il doit contenir ces pauvres bêtes dans la seule partie attaquée par les flammes qui commencent à s'atténuer, le fourrage étant un peu humide à cette heure de la nuit !

Nicolas abat trois renards de plus, lui qui chassait dans le temps avec son père Lucien, il manie très bien les armes et sait se servir d'un fusil. Il ne peut rien faire de plus maintenant, il laisse le peu de fourrage se consumer et fait le tour de la parcelle en passant par le chemin central. Il a perdu la moitié du champ, heureusement qu'il a réussi à abattre ces pauvres renards. La lueur du feu et la fumée poussée vers le village par le léger vent ont alerté les villageois ! Nicolas aperçoit des hommes arriver à cheval et entrer dans la cour de sa ferme. C'est le commissaire Bertrand et ses hommes. Ils descendent de leurs montures.

«'Que se passe-t-il monsieur Delamotte ??' … demande le commissaire Bertrand . Nicolas a le visage souillé, il est devant le policier, figé, son fusil la main droite et sa lanterne dans la gauche. Il peine à reprendre sa respiration, la fumée était intense, même si elle est maintenant dissipée. Sa gorge est sèche et ses poumons le brûle, il tousse, crache au sol, il reprend enfin son souffle. Bertrand le regarde avec insistance, il attend une réponse…

'Monsieur Delamotte ! Pourquoi ces coups de feu ? Que s'est-il passé ??'

Nicolas se tourne vers le champ calciné encore fumant puis se retourne vers le commissaire : 'Commissaire Bertrand, ils veulent ma peau !! Le feu !! C'est pas un accident…' …

Une toux intense reprend Nicolas qui est maintenant penché vers l'avant, les mains sur ses genoux, les yeux larmoyants, le nez coulant, crachant ses poumons. Bertrand s'approche de lui et lui tapote doucement dans le dos, essayant de l'aider à évacuer.

'Allons allons monsieur Delamotte, calmez-vous et reprenez votre souffle ! Prenez votre temps !' Le policier remonte un seau d'eau fraîche du puits, et donne à boire à Nicolas. Il sent la fraîcheur du breuvage éteindre sa bouche, sa gorge, son corps en feu, il se redresse face au commissaire, il se sent mieux désormais et il poursuit :

'Commissaire ! Ils ont mis le feu à des renards et ils les ont lancé dans mon champ pour tout faire brûler !! J'ai réussi à tuer toutes ces pauvres bêtes !'

Le commissaire lance un regard vers le champ détruit, il sait au fond de lui-même que le Comte de Montrichard est derrière tout cela, mais comment le prouver, il n'y a pas de preuve formelle, pas de traces !! Bertrand serre les poings de rage ! Nul doute que Nicolas est en danger de mort, il doit faire quelque chose avant une issue fatale…

'Monsieur Delamotte ! Je vais laisser deux de mes hommes ici à la ferme pour surveiller les lieux et veiller à votre sécurité ! On va attendre qu'il fasse jour pour faire le tour du sinistre au cas où il y ait des traces qui pourraient nous aider à trouver les auteurs de ces actes !'

Les deux gendarmes de garde laissent le commissaire Bertrand et ses hommes reprendre le chemin du village, pendant que Nicolas retourne dans sa maison. Il pose son fusil et sa lanterne, il est exténué, vidé ! Il va dans la salle de bains, plonge ses mains dans de l'eau fraîche et s'arrose le visage. Sa peau retrouve peu à peu sa couleur d'origine, la suie disparaissant sous l'eau savonneuse. Il se redresse, il est face au miroir, son visage est fatigué, il a les yeux cerné, les traits tirés. Il se sent en sécurité quand même avec les deux gendarmes qui patrouillent dehors !

Il aimerait tellement que sa famille soit près de lui, elle lui manque terriblement. Il n'a toujours pas de nouvelles, il ne sait même pas s'ils sont bien arrivés chez Tante Emilie. Demain matin il ira au bureau de poste voir s'il a reçu un télégramme de sa chère et tendre femme. Il a besoin de la lire et d'être rassuré. Il va dans la grande pièce, fait du café pour les deux hommes du commissaire. Il se pose dans le rocking chair, se balance doucement pendant que le café chauffe.

Il espère enfin pouvoir dormir tranquille, çà fait déjà plusieurs jours qu'il veille au grain, il est épuisé. Il repense à cette scène insensée « des renards de feu », et se demande à voix haute : 'Comment peut-on être aussi cruel ? Mettre le feu à de pauvres bêtes !!! Ce salopard de Comte ! Je vais être obligé à un moment de mettre fin à tout çà, je refuse de vivre dans la peur et le danger ! Ce sera lui où moi, mais çà doit cesser !'

La cafetière siffle, il remplit deux grosses timbales, il ouvre la porte d'entrée et se dirige vers la grange où sont abrités les chevaux des gendarmes. Ils en sortent et voient Nicolas se diriger vers eux…'Messieurs ! Je vous ai fait du café !'

Les deux hommes le remercient, ils vont en avoir besoin car la nuit est fraîche et elle va être longue ! Nicolas retourne vers la maison, il fait assez sombre dans la cour mais malgré tout il retrouve son chemin. Il arrive devant la porte de sa maison. Il s'arrête, regarde le panneau de la porte. Il y a quelque chose d'accroché dessus ! Il s'approche plus près et remarque que c'est une feuille de papier dans laquelle un poignard est planté pour quelle tienne. Il y a quelque chose d'écrit dessus ! Il se retourne, regarde autour de lui, personne à l'horizon !

'Qui a pu mettre çà ! Je ne l'ai pas vu en sortant! Çà s'est passé à l'instant !!'

Il arrache la feuille de la porte et entre dans la grande pièce pour avoir plus d'éclairage. Sur le mot il est écrit….

« COMMENT VA TA FAMILLE ??? » …

LE TELEGRAMME

Nicolas s'assoit sur une chaise, il pose le mot sur la table. Son cœur bat très fort, des frissons de peur l'envahissent, le stress monte en lui…

'Que veut dire ce mot, cette phrase « comment va ta famille » … Comment l'interpréter ? Il s'agit encore d'une menace !? Personne ne savait pour Clara et les enfants ! Il n'y a que le commissaire qui est au courant qu'ils sont chez tante Emilie à Sedan !!'

Tout se bouscule dans la tête de Nicolas, il n'a toujours pas reçu le télégramme de sa femme confirmant leur arrivée. Il retourne sur le rocking chair, il est trop fatigué pour réfléchir d'avantage, il s'endort doucement…

Au petit matin, Nicolas est réveillé par un bruit sec et répétitif. Il pose sa main sur son revolver, surpris dans son sommeil. On frappe à la porte, il se lève et ouvre doucement prêt à dégainer. 'Ah c'est vous ! Je vous avais oublié messieurs ! Entrez, je vais vous faire du café !'

Les deux gendarmes entrent dans la grande pièce et se dirigent directement vers la cuisinière à bois réchauffer leurs mains gelées !

'Mr Delamotte, nous devons rentrer au village, la relève ne va pas tarder à arriver ! La nuit a été calme, mais bon sang qu'il fait froid…Brrrr…'.

Les deux hommes et Nicolas boivent leurs cafés fumants. Il sait qu'il doit aller impérativement au bureau de poste. Il va attendre la relève, il est hors de question de laisser la ferme sans surveillance, surtout après ce qui est arrivé hier au soir !!

La relève ne tarde pas à arriver, ce qui le rassure. Il va à l'écurie, il sort son cheval, le selle, Bijou est prêt. Ensemble ils prennent la route du village. Nicolas espère que le télégramme de sa femme est arrivé au bureau de poste. Il repense au mot d'hier soir planté sur sa porte. Il aurait peut-être dû en parler aux deux gendarmes, il a hésité…

'Ils veulent m'intimider, me faire peur, me mettre la pression ! Je ne céderais pas à la panique, et pour l'instant la police ne fait pas grand-chose !!' se dit-il tout en caressant la crinière de son brave cheval, fidèle compagnon de route. Nicolas arrive dans le village qui se réveille doucement. Le froid étant, il n'y a pas grand monde dehors, et les cheminées commencent sérieusement à fumer. La route principale est vide, juste deux vieux villageois qui entrent dans la taverne.

'Ils ne sont pas en retard pour aller boire leur canon ces deux-là !!' pense tout bas Nicolas.

Le bureau de poste vient d'ouvrir, c'est le jeune apprenti qui ouvre les volets des deux fenêtres. Touchet n'est pas là, il est seul derrière son guichet, il panique un peu dans la mise en route, sûrement par manque d'expérience. Nicolas attache son cheval sur le côté de l'office, pousse

la porte et entre dans le bureau. L'apprenti lève la tête, il le reconnaît et esquisse un sourire en guise de réponse au « bonjour » de son client.

'Je viens voir si j'ai reçu un télégramme au nom de Delamotte s'il vous plaît jeune homme !' Le garçon fouille dans une panière en osier placée devant lui.

'Oui j'ai ! Delamotte Nicolas ! C'est bien çà !?'

Nicolas pousse un souffle de soulagement en écoutant la réponse du guichetier. Il prend la lettre et sort du bureau de poste en remerciant le jeune employé qui s'est déjà replongé dans ses paperasses. Nicolas pose la lettre contre son cœur. Il a eu si peur de n'avoir aucune nouvelle ! Il s'approche de son cheval Bijou, passe sa main dans la crinière fournie de son compagnon comme il aime tant le faire…

'Mon vieux Bijou ! Enfin des nouvelles de la famille, il était temps !'

Nicolas a toujours parlé à son cheval, surtout quand il était au front avec lui, c'était le seul lien qu'il avait avec sa vie d'avant, sa famille, il se confiait souvent à lui. Il est vrai que le lien entre eux deux est très fort et leur complicité est unique. Nicolas se plaisait à dire à ses compagnons du front qu'il ne lui manquait plus que la parole à son Bijou ! Encore à cet instant il est près de lui. Delamotte s'adosse au corps chaud du cheval, ouvre le pli. Il s'aperçoit très vite que le télégramme n'a pas été envoyé par Clara mais par sa tante Emilie . Il se dit après tout que çà n'est pas grave du moment qu'ils sont bien arrivés. Il déplie la lettre et entame la lecture :

'Bonjour Nicolas..Je suis allé à la gare à l'heure convenue, j'y suis resté un bout de temps et je n'ai vu personne descendre du train. J'ai demandé au contrôleur et il m'a dit qu'il a vu une femme et deux enfants descendre à la gare après celle de chez vous.. Avez-vous changé d'avis ? Allez-vous venir plus tard ? Tiens moi au courant Nicolas..Merci..Tante Emilie.'

Nicolas relit deux fois le télégramme, il a l'impression que son cœur va s'arrêter, qu'il va sortir de sa poitrine, sa respiration s'accélère…Il regarde partout autour de lui, le stress l'envahit, il panique, il a chaud d'un coup, il est mal !

'Il leur est arrivé quelque chose, ils n'ont pas pu descendre au village d'après pour revenir, il serait déjà rentré hier ! C'est à peine à cinq kilomètres d'ici ! Et pourquoi revenir à la maison en sachant le danger qu'il règne ici ! Et cet homme que le contrôleur a vu descendre avec eux !? Qui ça peut bien être ? '

Il panique de plus en plus, bien trop pour réfléchir et garder sa lucidité, son cerveau part dans tous les sens, c'est une véritable tourmente, un tourbillon infernal.

'L'homme ! Mais oui, l'homme de la gare ! Ce type au journal à l'envers sur le banc. Il a dû monter dans le train quand j'ai traversé la voie sous le tunnel ! Mon Dieu, faites que...' Tout de suite il pense à de Montrichard !

'Et si c'était un de ses hommes de main ?! Ils auraient été kidnappés alors ? Je vais rentrer on sait jamais, peut-être qu'ils sont rentrés on sait jamais, peut-être qu'ils sont à la maison à m'attendre avec la relève. Ça se trouve je m'imagine des choses et je deviens paranoïaque !', Nicolas saute sur son cheval et prend le chemin de la ferme, il pousse Bijou qui souffle, la pauvre bête, il n'est plus habitué à un tel rythme ! Nicolas prie le Seigneur qu'ils soient tous à la maison devant ma cheminée, en sécurité... Il réfléchit au « pourquoi du comment », puisqu 'à part le commissaire Bertrand, personne ne savait que sa famille partait se mettre à l'abri à Sedan chez Tante Emilie .

'Comment cet homme pouvait savoir ? Ce ne peut pas être le commissaire qui en a parlé à de Montrichard, c'est impossible !' , se dit Nicolas.

Il arrive bientôt dans la cour de sa ferme où il aperçoit deux gendarmes en faction devant le grand portail de la propriété.

'Avez-vous vu entrer dans ma maison une femme et deux enfants ? ' Demande-t-il aux deux policiers la voix tremblante. Devant la réponse négative des gardiens, Nicolas reste figé sur son cheval, Bijou, il fixe la maison, le regard perdu. Il descend de sa monture, entre dans la grande pièce, il a besoin de se poser et réfléchir au calme... Il ne comprend plus rien, c'est le brouillard total dans son esprit. Une grande tasse de café à la main, il est debout devant la fenêtre, il regarde les restes du grand champ calciné de la veille, il cherche réponse à ses questions. Il refait la chronologie dans sa tête des jours précédents, les personnes qu'il a croisé, celles à qui il a parlé…

'A part le commissaire je n'ai parlé à personne…' dit-il à voix haute quand soudain il se souvient…

'Bon sang ! Le télégramme! Touchet a écrit mon télégramme à tante Emilie ! Avec la police il n'y a que lui qui a su qu'ils allaient à Sedan ! Cà ne peut être que lui ce chacal !'

Nicolas vide le reste du café dans l'évier et bondit hors de la pièce.

'Messieurs, je dois aller en ville de toute urgence, la maison vous est ouverte, servez-vous du café si vous le désirez !'.

Après avoir pris son revolver, il saute littéralement sur Bijou, lequel, surpris se cambre légèrement et produit un hennissement des grands jours au front. Les deux complices prennent la route du village.

'Ce type est un collabo, un vendu ! Je ne serais pas étonné qu'il soit à la botte de de Montrichard ! Je veux en avoir le cœur net ! '.. Nicolas parle à voix haute, comme s'il attendait une réponse de son cheval. Le pauvre Bijou, sa peau fume il dégage une chaleur torride avec cette course effrénée, ils arrivent au bureau de poste en un temps record. Il descend de son cheval, l'attache au crochet dédié et remet en place sa veste cachant la crosse de son revolver.

'Il ne faut pas que Touchet voit mon pétard à ma ceinture, si c'est bien lui le traître, il va se douter de quelque chose. J'espère qu'il est bien arrivé à son bureau !'.

Il entre, il n'y a personne. Il s'approche du guichet, appuie sur la petite sonnette qui sert à prévenir le personnel. Deux sonneries nettes retentissent dans le grand bureau vide.

Nicolas attend puis active à nouveau la sonnette. 'Voilà voilà j'arrive !' c'est la voix de Francis Touchet, l'apprenti est avec lui. Le responsable de la poste s'ap- proche de Nicolas et lu demande :

'Monsieur Delamotte que puis-je faire pour vous ?'

Nicolas n'aime pas cet homme, il le sent fourbe et ce n'est pas la sincérité qui l'étouffe ! Comment interroger Touchet alors que l'apprenti est là, il ne pourra pas lui mettre la pression devant un témoin... Il faut qu'il trouve le moyen de l'éloigner, de l'emmener hors du bureau d'accueil.

'Monsieur Touchet, il faut que je vous parle en privé, c'est très important !'

L'homme regarde tout d'abord Nicolas, interrogatif puis sans se douter de quoi que ce soit lui propose :

'Je vous vous en prie Monsieur Delamotte, nous allons aller dans mon bureau, il est juste à côté. Toi tu gardes l'office pendant ce temps !'

Ordonne-t-il au gamin apprenti qui obéit sans faillir. Les deux hommes entrent dans une pièce où un bazar sans nom règne en maître. 'Quel foutoir' pense Nicolas, il remarque que les rideaux opaques sont fermés ce qui lui permet de ne pas être vu de l'extérieur et il y a une double porte entre ce bureau et l'office principal. Il est sûr que personne ne peut entendre la conversation et ni même voir à l'intérieur. Il y a des étagères pleines d'archives empilées n'importe comment, des cartons emboîtés mais branlantes, une vieille machine à écrire poussiéreuse, bref, cela ressemble plus à une réserve qu'à un bureau de responsable censé recevoir des clients ! Touchet s'installe derrière son bureau, s'assoit sur une vieille chaise dont la paille dépasse de tous les côtés. Il regarde Nicolas et d'un geste de la main l'invite à s'asseoir en face de lui. Touchet pose ses coudes sur le bureau, ouvre ses deux mains et dit :

'Je vous écoute Monsieur Delamotte! Vous vouliez me parler en privé !'

Nicolas regarde une nouvelle fois vers la fenêtre qui se trouve sur la gauche de Touchet, il n'y a aucun doute, personne ne peut voir ce qu'il va faire ! Il revient maintenant vers son interlocuteur et lui lance :

'Monsieur Touchet, connaissez-vous le Comte de Montrichard ?'

Le directeur du bureau de poste reste un instant sans voix ni réaction puis l'air étonné lui répond :

'Pourquoi cette question cher Monsieur ? Tout le monde ici connaît le Comte ! Je ne l'ai pas rencontré dernièrement. Il y a cette rumeur qui disait qu'il était décédé dans l'incendie du château mais finalement il s'en est sorti ! Je vous le redemande Monsieur Delamotte, pourquoi cette question ? '

Touchet n'est pas serein et Nicolas le ressent bien, leurs regards ne se lâchent pas et le premier à baisser les yeux c'est le postier ! Cet homme cache quelque chose et Delamotte veut savoir la vérité.

'Monsieur Touchet ! Arrêtez votre mensonge ! Vous travaillez pour de Montrichard j'en suis sûr ! Vous avez transmis mon télégramme à cette ordure de Comte, il n'y a que vous qui avez pu informer ce salopard sur le départ de ma famille pour Sedan ! '

Touchet le regarde, son visage change de couleur, il rougit, il blanchit, passe par tous les états ! Il sait qu'il est pris au piège par Delamotte qui a découvert le pot aux roses. Touchet ni en bloc les accusations de Nicolas, il se redresse, pose ses mains à plat sur son bureau et lui lance :

'Çà suffit Delamotte !! Comment osez-vous m'accuser de la sorte ? Sortez de mon bureau ! Partez où j'appelle la police ! '

Touchet lance un regard sur le côté de son bureau, Nicolas la vu, il a regardé dans le tiroir ouvert.

'Il y a quelque chose qu'il veut prendre ! Peut-être une arme !' se dit-il …

D'un seul coup d'un seul, il enjambe le bureau et de la main gauche colle violemment Touchet contre le mur tandis que sa main droite sort de sa ceinture le revolver.

Touchet a maintenant le canon du pistolet de Nicolas dans la bouche, il n'ose même pas cligner des paupières. Le visage de Nicolas est à quelques centimètres de celui du traître, il le fixe au fond des yeux, le souffle chaud et humide de sa bouche étouffe Touchet, qui n'a maintenant que le nez pour respirer.

'Ecoutes bien salopard et je ne me répéterais pas deux fois ! Je sais que tu as donné le double de mon télégramme à de Montrichard. Je ne sais pas ce qu'il t'a donné ou promis pour tes bons services, mais moi, je te promets la mort si tu ne me dis pas la vérité tout de suite !' Touchet incline doucement la tête pour dire qu'il accepte. Nicolas poursuit :

'C'est un homme du Comte qui les a enlevés à la gare ? Réponds !'

Il incline à nouveau la tête du haut vers le bas doucement. Il sent le goût métallique dans sa bouche, cette sensation amère de la poudre. Il sait que l'homme qui le menace est déterminé, sa famille est en danger ! Nicolas appuie plus fort encore sur le revolver et le canon touche le fond de la gorge de Touchet qui tire au cœur et manque de vomir. Il le prend par le cou et lui pose cette question :

'Ils sont détenus au château, c'est ça ? Il relâche la pression du canon et de sa prise de cou,

Touchet acquiesce et s'affaisse le long du mur pour se retrouver assis sur le sol, fondant en larmes. Nicolas sait désormais qu'il n'a plus aucune solution que de se rendre au château s'il veut libérer sa famille.

'Tu vas dire à ton apprenti qu'il rentre chez lui, que le bureau de poste ferme exceptionnellement aujourd'hui. Tu vas lui faire emmener un message que je vais écrire au commissaire Bertrand. Mais attention je te surveille, si tu lui dis la moindre chose avant qu'il parte, je t'abats comme un chien que tu es ! Compris ??'

Touchet s'exécute et le petit apprenti ferme la porte derrière lui. Il revient dans son bureau, Nicolas l'assomme d'un coup de crosse derrière la tête, il s'écroule sur le sol les bras en croix. Il se retient pour ne pas l'achever comme il avait fait au front avec les traîtres qui ont tué ses parents, et c'étaient déjà les hommes de de Montrichard ! Il le ligote solidement avec un gros scotch bien large et épais, et il part vite en passant par la porte d'entrée du bureau de poste, fermant à clé derrière lui pour être sûr que personne ne vienne délivrer Touchet. Il n'a pas de temps à perdre, Clara et les enfants sont dans les mains du Diable…

Pendant ce temps l'apprenti poursuit son chemin pour apporter le message au commissaire Bertrand . Il passe devant la taverne et aperçoit son amie Marie-françoise qui boit un bon chocolat chaud. Elle lui fait signe d'entrer, mais il doit emmener le pli ! Il entre tout de même. 'Tu bois un petit chocolat avec moi ? Cà fait longtemps qu'on ne s'est pas vu !' lui dit la demoiselle au sourire ravageur…

'Je dois emmener ce pli à la gendarmerie ! Je reste pas longtemps Marie d'accord !'

Il s'attable avec son amie, il fait bon dans la taverne, le gros poêle à bois tourne à plein régime, le jeune garçon quitte son manteau.

'Après tout il n'est pas à cinq minutes près ce commissaire ! Dit-il à son amie Marie.

Ils trinquent à leurs retrouvailles et entament une longue discussion. Pendant ce temps, Nicolas est sur la route qui mène au château du Comte. Il sait qu'il ne peut pas faire grand-chose tout seul face aux hommes d'Eric de Montrichard, il devra attendre les renforts des gendarmes et du commissaire.

'Pourvu qu'il ait eu mon message et qu'il va venir très vite au château !'

Ce message, bien plié dans la poche de l'apprenti, signifiant l'appel de Nicolas :

« Commissaire Bertrand. C'est un appel à l'aide urgent ! J'ai la preuve que ma famille est aux mains du Comte de de Montrichard au château ! Je pars pour m'y rendre, je vous attend au plus vite pour votre intervention. Faites au plus vite...Delamotte »

LE CHÂTEAU

Nicolas sur son cheval se dit qu'il aurait dû prendre son fusil, il n'a que son revolver avec six balles dans la barillet. Il ne sait pas combien d'hommes de main protègent le Comte et son château, il aura bien besoin du renfort des gendarmes ! Il passe par le chemin longeant la forêt, il devrait normalement arriver derrière le château.

'Ils doivent tous être sur leur garde, je vais devoir être prudent et très discret.' se dit-il tout en entrant dans le petit bosquet aux abords de la bassecour entourant l'édifice. Ce château est traditionnel, semi-maison bourgeoise, semi forteresse. Les de Montrichard sont une vieille dynastie de plusieurs générations. Des remparts de plusieurs mètres de hauteur protège la demeure. Quatre tours à chaque coin de la propriété sont habitées, il y a même une petit chapelle à l'intérieur et un donjon central dont la porte principale donne sur la grande pièce où le Comte aime se retirer.

Nicolas aperçoit deux hommes armés de fusils sur le chemin de ronde, ils surveillent l'arrière du château, il faut qu'il trouve un passage et qu'il ne soit pas vu par les gardiens. 'Compliqué de passer inaperçu ' pense-t-il…

'Il faut que j'attende qu'ils soient au bout du chemin pour m'élancer vers la lice et essayer d'enter par le tunnel souterrain'…

Chaque château avait son tunnel de secours pour s'échapper au cas où l'occupant soit attaqué, et celui-ci donne directement accès à la grande forêt, endroit idéal pour fuir ensuite. Il avait déjà repéré le tunnel et sa sortie cachée derrière les buissons pendant une chasse avec son père Lucien. Avec l'automne les buissons sont bien dégarnis, et l'entrée se voit bien mieux. 'J'espère que l'accès sera facile ! Impossible de faire du bruit si la grille devait être bloquée, je serais vite repéré !'

Il regarde les deux hommes, ils prennent leur temps à fumer leur pipe, et discutent à voix haute, ils rient...Pas moyen pour l'instant d'approcher du château, c'est vraiment trop risqué.

Pendant ce temps l'apprenti agent de la poste savoure son chocolat avec son amie Marie, sans se douter un instant qu'il met gravement en danger la vie de quatre personnes. Ce n'est pas souvent qu'il est en compagnie d'une jolie fille, il est fier de s'afficher ! Le temps passe et il sait qu'il doit aussi livrer le pli que lui a remis son chef :

'Va falloir que j'y aille Marie, mon chef ne va pas être content et il va trouver que j'ai mis un temps fou à livrer un pli si le commissaire lui rapporte l'heure de livraison ! Je vais devoir trouver une excuse...' dit le jeune homme en se levant et en posant ses lèvres gourmandes sur les joues rougies par la bonne chaleur de son amie. Il prend la route, la gendarmerie ne se trouve pas très loin de la taverne, il presse le pas. Il arrive devant le bâtiment, entre dans la gendarmerie, et va voir le gendarme au guichet :

'Bonjour j'ai un pli pour le commissaire Bertrand, c'est urgent !'

'Il n'est pas arrivé, je lui remets dès que je le vois, il ne devrait pas tarder' lui répond le gendarme posant le pli sur le coin de son bureau.

Le jeune homme s'en retourne...

Nicolas surveille toujours les deux hommes qui tapotent leurs pipes sur le bord d'un créneau, ils rangent leurs pipes dans leurs poches et reprennent leur trajet.

'Bon sang ils prennent vraiment leur temps ces deux-là !' peste Nicolas s'approchant tout au bord du bosquet, prêt à bondir dès qu'ils seront face à la tour ouest.

Sa patience finit par payer, les deux lascars tournent maintenant le dos à la forêt et Nicolas jaillit du buisson, il court d'une foulée la plus légère possible, rentrant machinalement la tête dans ses épaules. Il atteint la lice et plonge dans le renfoncement où se trouve l'entrée du tunnel. Il sait que là, ils ne pourront pas le voir...Il s'enfonce dans le buisson qui bouche l'accès, arrache les branches serrées, il se déchire la peau avec quelques ronces, qu'importe il veut libérer sa famille quoi qu'il lui en coûte ! Il atteint la vieille grille rouillée.

'Punaise ! Çà doit faire un sacré bout de temps qu'elle n'a pas été ouverte celle-ci !'

Il dégage le pied de la grille, elle est bloquée par de la terre qui s'est accumulée durant toutes ces années sans avoir été ouverte.

'Normalement elle devrait s'ouvrir maintenant !'

Il saisit chaque côté des barreaux, et en essayant de ne pas faire de bruit il secoue la paroi d'avant en arrière. Elle se dégage doucement, il force comme il le peut, ce n'est pas facile car la rouille a bloqué quelque peu les charnières. Après de longues minutes d'effort, la grille cède et s'ouvre à moitié.

'Elle n'ira pas plus loin' se dit-il en regardant ses mains meurtries par la violence des efforts sur l'acier rouillé et coupant. Il se glisse agilement entre le mur de pierre et la grille, il entre dans le ventre du château. Le tunnel est noir, il craque une allumette, éclaire devant lui, il sent un courant d'air, ce qui montre bien qu'au bout il y a une sortie et que l'air passe ! Il va devoir trouver un moyen pour s'éclairer s'il veut pouvoir progresser dans ce tunnel en toute sécurité, il pense à se fabriquer une torche. Il retire sa veste, puis sa chemise. Il remet sa veste épaisse, il fait un froid glacial. Il enroule sa chemise autour d'un morceau de bois ramassé au sol, et sort de la poche intérieure de sa gabardine une petite boîte de bois. C'est de la paraffine, il s'en sert habituellement pour soigner les crevasses aux bout des doigts que le froid lui inflige. Il sait que ça va lui faire un très bon hydrocarbure pour sa torche de fortune, il faisait çà régulièrement au front quand il manquait de pétrole pour sa lampe le soir dans sa tente au campement. Il craque à nouveau une allumette, une des dernières qu'il a dans sa poche, il ne doit pas se rater s'il veut allumer sa torche ! La première est la bonne, la chemise sacrifiée s'enflamme et la lueur qui s'en dégage lui permet de voir quelques mètres devant lui. Il s'engage dans l'antre du Diable…

'Le Diable m'attend, je le sais pertinemment, je n'ai pas peur !' se répète Nicolas au fond de lui-même, sûrement pour se donner du courage et masquer son angoisse. Il ne pense qu'à sa femme et ses enfants à cet instant, il sait qu'un danger absolu est au bout de ce tunnel, il doit se préparer à toutes les éventualités. Il est rôdé par le danger et le risque de mort, la terrible guerre l'a formé au pire…

Il y a beaucoup de toiles d'araignées qui lui barrent le chemin, il les brûle avec la flamme de sa torche. Le sol est humide et les murs transpirent, suintent, et la lumière laisse apparaître une moisissure importante des gros blocs de pierre composant le passage. Il se baisse par endroit, la hauteur des lieux est irrégulière. Il n'entend pas un bruit, et le temps semble s'arrêter dans ce lieu austère et lugubre. Il marche encore quelques minutes et aperçoit à une dizaine de mètres une lueur, celle de la lumière du jour.

'Ah enfin ! Je vais éteindre ma torche et me préparer au cas où…'

Il étouffe la flamme avec sa veste, il pose la torche en appui contre le mur en évitant tout contact avec le sol humide. S'il devait reprendre ce tunnel, il lui faudrait à nouveau se servir de sa torche, il doit la préserver. Il sort de sa poche son couteau qu'il déplie, c'est un cadeau de sa mère, la défunte Jacquotte. Un joli couteau de chasse avec une belle lame de dix-huit centimètres, bien aiguisée, il pourrait en avoir besoin au cas où. Il approche de l'ouverture sans faire de bruit, c'est une porte de bois qui a l'air relativement récente, elle a dû être changé il n'y a pas longtemps. Cà arrange bien les affaires de Nicolas, car elle devrait être facile à ouvrir contrairement à la vieille grille rouillée de tout à l'heure… Il y a une ouverture carrée au centre de la porte permettant une visibilité facile à droite et à gauche. Il s'approche encore plus près, il passe juste son visage et voit une grande cour recouverte de pavés, et sur la droite une porte cochère. Il entend des voix au loin, et d'autres plus près de lui. Il attend un instant, le silence est revenu, il pose sa main sur la poignée.

'Pourvu que cette porte ne soit pas verrouillée, c'est la seule issue pour accéder !'

Il ferme les yeux, tourne la poignée doucement en priant le Seigneur de l'aider maintenant. Il entre dans l'enfer car la porte s'ouvre doucement…

'Merci Seigneur, que ta main me guide, que mes yeux soient les tiens, protège ton serviteur et ma famille…'

Il ouvre la porte, glisse la moitié de son corps et sa tête pour observer les lieux, il ne connaît pas cette partie du château, car la fois où il est entré dans la demeure du meurtrier de ses parents, il était passé par la porte principale.

Il ne voit personne, il ouvre entièrement la porte et au moment où il veut la refermer, un homme surgit derrière lui, et tente de lui mettre un coup de crosse de fusil derrière la tête. Il esquive l'attaque, saisit le bras de son agresseur et le fait pivoter. Il est désormais derrière lui, il a passé son bras autour du cou de l'homme, il lui écrase la gorge ce qui l'empêche de crier et de prévenir les autres gardiens. Il ouvre avec son pied la porte du tunnel, il s'y glisse avec le lascar toujours prisonnier de l'étreinte solide. En reculant dans le tunnel Nicolas trébuche en arrière et tous deux chutent lourdement au sol. L'homme de main du Comte échappe son fusil et un combat au corps à corps s'engage entre les deux protagonistes. Ils roulent à droite, basculent à gauche, leurs mains saisissent toutes les parties de leurs corps, ils se rendent coup pour coup. L'homme du Comte est très costaud et Nicolas sent qu'il ne pourra pas en venir à bout. Il sort son couteau qu'il avait mis dans sa ceinture, la lame est toujours dépliée, et avec son bras gauche en opposition il maintient le colosse à distance, celui-ci essaie de l'étrangler avec ses deux mains épaisses. Son couteau est maintenant bien calé dans sa main droite et le flan de son adversaire bien dégagé. Il prend son élan avec son bras et rageusement il plante la lame effilée de son coutelas entre les côtes de l'homme qui en poussant un cri étouffé contracte son corps et malgré tout continue à essayer d'étrangler Nicolas qui n'en revient pas...

'Mais c'est quoi ce type, un suppôt de Satan lui aussi ?! '

Il arrache son couteau du corps de l'invincible combattant et le replante violemment un peu plus haut et atteint directement le cœur ! Le sang gicle sur sa main et dans un dernier souffle l'homme s'affale sur lui, il est mort sur le coup. Nicolas le pousse difficilement sur le côté, il est épuisé par ce combat déséquilibré.

'Cet homme avait une force de titan' dit-il d'une voix essoufflée, tout en restant allongé sur le sol le long du corps inerte de sa victime. Il n'a pas le droit de faiblir, surtout si près du but, il doit retourner au combat. Il se redresse, retire son couteau du corps sans vie de l'homme de de Montrichard, il essuie sa lame ensanglantée sur la veste de ce dernier. Il n'éprouve aucun dégoût ni d'appréhension à ôter la vie à un homme de ses propres mains, sur le front la vie ne lui a pas laissé le choix, lui où l'autre...

Il replace son couteau dans sa ceinture et arme son revolver, il doit se tenir prêt maintenant car il vient d'avoir un avant-goût de ce qui l'attend derrière cette porte. Il récupère le fusil de l'homme, il est chargé, il n'y a que deux cartouches, c'est un simple fusil de chasse, le même qu'il possède, c'est un deux coups... Il pousse la porte, regarde autour de lui, personne à l'horizon.

'Il devait être seul à surveiller ce secteur'

Il avance maintenant dans la grande cour en rasant le mur, il prend garde de ne pas se faire repérer par les hommes qui tournent sur les remparts et qui ont vu sur l'intérieur des murs.

'Il faut que je trouve l'endroit où il les a enfermés, c'est tellement grand ici, ça peut être n'importe où ! Que fait le commissaire ? Cà fait déjà longtemps qu'il devrait être là, il a dû avoir mon message !'

Il ne comprend pas, mais il ne sait pas son messager a batifolé avec une jeune demoiselle devant un chocolat chaud à la taverne du village !

Il s'engage maintenant sous un porche, là au moins il est à l'abri des regards. IL fait quelques pas et arrive face à une grande porte, il pose son oreille contre le panneau de bois, il entend du mouvement derrière, et des voix qui semblent montrer une certaine agitation. Il entrouvre cette porte, il y voit des hommes armés qui courent dans tous les sens, comme si un danger imminent les menaçait.

'Que se passe-t-il ? Pourquoi ils courent partout comme ça ?' se demande Nicolas en refermant doucement la porte.

'Impossible de passer par là, ils sont trop nombreux, je n'aurais aucune chance' Soudain une déflagration, puis une deuxième et toute une série...

'Des coups de feu !! Ça doit être les hommes du commissaire qui essaient d'entrer dans le château ! Je dois les aider sinon à vue, ils vont se faire tirer comme des lapins !'

Il a vu juste, c'est bien le commissaire Bertrand et ses hommes qui donnent l'assaut au château. Le seul problème c'est que la grande grille solide du domaine est verrouillée avec une grosse chaîne cadenassée. Il distingue la scène par une meurtrière donnant sur l'immense entrée du château, il y voit les gendarmes à découvert essayant de briser la chaîne tout en se protégeant des tirs nourris des hommes perchés sur les remparts.

'Je vais les prendre à revers, çà laissera le temps au commissaire et ses hommes d'ouvrir les grandes grilles et d'entrer au château'.

Il ouvre la grande porte, il repère à quelques mètres de lui la réhausse d'un puits en pierre, ce qui lui fera un abri idéal pour tirer sans être touché par ses adversaires. Il se faufile agilement jusqu'à son puits, sort son revolver et arme le fusil. Il a repéré deux hommes postés sur le parapet qui se trouve face aux grilles d'entrée, et un autre sur le chemin de ronde ouest. Trois hommes à éliminer s'il veut que les gendarmes puissent entrer. Nicolas est un bon tireur, son père Lucien disait de lui qu'à la chasse c'était un « champion du tir ». Il sait que c'est plus facile de viser loin et juste avec un fusil qu'avec un revolver qui est plutôt une arme de proximité. Il n'a malheureusement que deux cartouches pour trois hommes postés assez loin de sa position. Il s'applique, il se pose délicatement sur le rebord du puits, il vise l'homme se trouvant sur le chemin de ronde, ce n'est pas évident car il bouge beaucoup, se cachant par intermittence derrière les créneaux une fois qu'il eut tiré sur les policiers.

'Arrêtes de bouger salopards ! Je vais t'abattre comme un chien !'

Le coup de fusil claque dans la grande cour et l'écho amplifie la détonation tel un coup de canon. L'homme s'écroule mortellement touché, le coup a fait mouche, la décharge lui a emporté la moitié de la tête. Les deux autres regardent le corps maculé de sang de leur camarade et ne comprennent pas qui a pu tirer de l'intérieur du château. Ils se retournent et aperçoivent Nicolas caché derrière sa réhausse de puits, une avalanche de plomb s'abat sur lui, il se baisse s'adosse au muret de pierre. Les balles fusent autour de lui.

Pendant ce temps le commissaire et ses hommes se rendent compte que les coups de feu ont changé de direction et qu'ils ne sont plus pour l'instant la cible des tireurs. Ils attachent de solides cordes aux grilles et avec leurs chevaux ils tirent avec force pour faire plier la chaîne et le cadenas. La tâche est compliquée tellement les grilles sont lourdes et solidement attachées et les chevaux peinent malgré les coups de fouet. D'un coup la chaîne cède, le cadenas éclate littéralement, et les grandes grilles s'ouvrent enfin. Nicolas voit que les deux hommes se sont retournés côté entrée et se remettent à tirer vers les policiers. Il tire à nouveau sur eux, il rate sa cible, sort son revolver et continue sa diversion. Les deux hommes sont tapis au sol, les balles sifflent au-dessus de leurs têtes. Le barillet est vite vide, désormais il doit partir à la recherche de sa famille et laisser les policiers se débrouiller seuls. Les coups de feu reprennent maintenant mais du côté des assaillants, ce qui oblige les deux gardes de de Montrichard de rester au sol. Nicolas en profite pour entrer dans une petite ouverture, une sorte de passage pas très large, un couloir joignant la grande cour du donjon...

LE DONJON ACTE ULTIME

Nicolas traverse avec prudence le long couloir, il est assez sombre, juste un peu de lumière du jour grâce à des petites meurtrières sur le côté droit. Il avance doucement prêt à intervenir au cas où un des hommes de de Montrichard surgirait devant lui. Il n'a désormais que son couteau comme seule arme. Il s'en veut, car il est parti de chez lui pour aller demander des explications à Touchet avec seulement six balles dans son barillet alors qu'il a un stock de munitions chez lui qui lui aurait permis de tenir un véritable siège ! Et là, maintenant, il n'a que son arme blanche…

Au milieu du couloir il tombe sur plusieurs marches, comme si le passage s'enfonçait dans les abysses du château. Le passage s'est nettement rétréci, il est obligé par endroit de passer de profil.

'Ce passage a vraiment été fait à la hâte, il a été creusé dans la roche.' marmonne Nicolas.

Il retrouve désormais une largeur convenable, et les marches sont assez hautes, il est prudent et s'appuie sur les parois rugueuses pour maintenir son équilibre. Il arrive enfin au bout du tunnel, et pousse une petite porte en bois vermoulu par le temps et l'humidité régnante. Il est désormais dans une pièce bizarrement ronde.

'Cà doit être la base du donjon, je sais que ces édifices ont plusieurs niveaux, je dois être en bas c'est pour cela que j'ai descendu toutes ces marches dans le tunnel !'

Il observe les lieux, il n'y a pas grand-chose. Il y a une autre porte, plus grande celle-ci qui donne vraisemblablement dans une autre cour, un vrai labyrinthe. Une fenêtre à la vitre sale apporte un peu de lumière, il s'en approche, frotte le carreau et regarde à travers. Il aperçoit un grand espace, il y a du matériel entreposé et au bout un grand mur, sûrement un des remparts périphérique du château.

'Il n'y a aucune activité humaine dans ce secteur, je dois me trouver à l'arrière, ils sont tous occupés devant l'entrée avec les hommes de Bertrand !'

Cela le rassure car ce n'est pas avec un simple couteau qu'il pourrait affronter des hommes armés de fusils et revolvers. Il n'y a pas beaucoup de bruit dans le donjon. Il sait qu'il se trouve dans le contre-bas du château car celui-ci se compose en deux niveaux différents.

L'entrée est située sur le niveau le plus élevé, et l'arrière de la demeure est séparé par un dénivelé de quatre mètres environ. Le donjon étant édifié juste au milieu des deux niveaux, il doit servir de passage entre le haut et le bas imagine-t-il...Il y a bien un chemin pour relier les deux plateaux mais il est à l'extérieur, le reste étant un mur abrupte inaccessible.

'Le donjon est le seul moyen pour moi d'aller au niveau supérieur du château et de trouver ma famille. De Montrichard ne doit pas être loin je suppose !'

Il remarque un vieux rideau à droite d'une armoire bancale, il s'approche, écarte le tissu et découvre à nouveau un passage, un escalier en colimaçon.

'C'est sûrement l'escalier pour monter à l'étage' se dit Nicolas. Il tend l'oreille, rien, ce silence est pesant...

'C'est bizarre quand même'...il se méfie.

Il s'engage dans l'escalier, montant marche après marche silencieusement, la lame de son couteau le précédent. L'escalier en colimaçon est un véritable piège car il ne voit pas à plus d'un mètre devant lui, à chaque virage c'est un danger de plus ! Il arrive au palier supérieur, et tombe à nouveau sur une pièce ronde pratiquement à l'identique de la précédente. Toujours le petit rideau sur le côté d'une armoire, sûrement le passage pour le deuxième niveau !

'Il doit y avoir au maximum trois niveaux : Le dernier doit donner dans la grande pièce principale du château, celle où de Montrichard vit !'

Toujours aucun bruit dans la tour, il redouble de prudence et de méfiance. Il écarte doucement le rideau et effectivement il tombe à nouveau sur le même escalier. Il n'a pas le choix s'il veut accéder au niveau supérieur. Il s'engage à nouveau dans l'exigu passage, et au premier virage il ressent un choc d'une extrême violence à la pointe du menton, le choc est tel qu'il perd l'équilibre et bascule en arrière, il roule sur la dizaine de marches qu'il avait gravi, et s'écrase sur le sol au milieu de la pièce. Il est sonné, un véritable uppercut au menton, il sent le goût du sang envahir sa bouche, il a le menton ouvert, il est sur le dos. Il regarde devant lui, le plafond ressemble à un ciel bien gris, bien chargé, il se redresse légèrement et se pose sur ses coudes, il voit flou, il peine à retrouver ses esprits comme un boxeur sur un terrible K.O ! Il regarde vers l'entrée du passage, il distingue une silhouette sombre, c'est encore trouble, mais il pense voir un homme grand et debout devant le passage. Il retrouve la vue peu à peu et distingue maintenant l'individu, l'auteur de ce terrible coup au menton.

Il voit un homme vêtu de noir avec une capuche sur la tête, son visage est caché par un foulard. Nicolas entend un horrible rire, un rire d'outre-tombe, diabolique qui déchire le silence.

'Ce rire ! Cette voix ! Je la connais, c'est celle d'Eric de Montrichard ! Il est là, devant moi et je suis à sa merci !'

Dans sa chute il a échappé son couteau, il est complètement à la merci de son agresseur. Il a du mal à se relever, sa tête tourne, et son menton perd beaucoup de sang. Sa veste est trempée, rouge sang ! Eric continue à rire et lui lance :

'Alors Delamotte ! Je te pensais beaucoup plus résistant ! Un soldat du front comme toi ! Je monte m'occuper de la belle Clara et tes marmots...Je t'attends Delamotte je ne voudrais pas commencer la fête sans toi, mais ne tardes pas trop, tu risquerais de trouver trois cadavres !'

Eric disparaît comme un éclair dans l'escalier lâchant un éclat de rire à vous glacer le sang. Le bruit de ses bottes claque sur les marches de pierre. Il n'y a plus de bruit désormais, et Nicolas se redresse enfin, il se met à quatre pattes, crache le sang qui lui a envahi la bouche.

'Merde ! Il m'a éclaté le menton, démonté la mâchoire ! Jamais je n'ai pris un tel coup au visage, la vache, il m'a sonné littéralement ! Comment ai-je pu me faire surprendre par ce diable d'Eric ?'.

Il est debout maintenant, il a retrouvé ses esprits, il essuie son menton avec sa manche de veste, il grimace, il a très mal mais il sait qu'il n'a pas le temps de s'apitoyer sur son propre sort, le diable a été clair, il va y avoir un festin diabolique là-haut !

Il s'avance dans la pièce, il scrute le sol, il recherche son couteau, il ne sait pas s'il l'a perdu dans le colimaçon dans sa chute où dans la pièce. Il cherche il lui faut absolument une arme pour avoir une chance de battre le Comte ! Il se baisse et voit sous la vieille armoire briller la lame de son arme. Il la ramasse, il est soulagé, il peut maintenant monter au niveau supérieur. Il serre dans sa main le manche du couteau, et regarde plein de rage l'entrée de l'escalier.

Nicolas sait que son adversaire est déterminé, qu'il est prêt à mourir, de toute façon la messe est dite pour lui, puisque les hommes du commissaire sont là, et dès qu'ils en auront fini avec les lascars, ils s'occuperont du Comte. Rien ne pourra l'arrêter dans sa vengeance, il n'y a que la mort qui mettra fin à ses intentions ! Nicolas sait que dehors la bataille est rude et que les gendarmes ne seront pas de suite là, et qu'il va devoir affronter le diabolique Eric de Montrichard tout seul !

Il s'engage dans l'escalier, redoublant de prudence, il ne veut pas revivre l'attaque dont il a été la victime à l'instant. Le passage est libre, il progresse pas à pas, il retient sa respiration pour entendre le moindre bruit. Il arrive dans le dernier niveau de la tour maudite, la pièce est vide, même pas un meuble ou autre, juste une porte ouverte…

Il passe cette porte et se retrouve dans une autre cour intermédiaire, les murs sont assez hauts et ils se rejoignent en entonnoir contre un bâtiment face à lui qui semble être la demeure principale de de Montrichard. Le corps de la bâtisse est important et la porte ne l'est pas moins ! Il se souvient lors de sa visite expéditive à son retour du front chez les de Montrichard, avoir vu cette grande porte arrondie sur le haut avec des ouvertures au centre. Les grilles et les vitraux fumés reviennent également dans ses souvenirs, il en est sûr désormais, il est bien devant la grande pièce où il a abattu le vieux salopard de Comte d'une d'une balle dans la tête. Il s'approche de la porte et pose son oreille tout contre le bois froid, il écoute, il lui semble entendre des petits craquements, comme le bruit lointain d'un feu crépitant.

'Sûrement la grande cheminée, il a dû encore faire un feu d'enfer !' se dit-il… Il n'a plus le choix maintenant il doit entrer s'il veut libérer sa famille !

Il sent son cœur battre très fort dans sa poitrine, il essaie de calmer sa forte et rapide respiration, la situation est tellement incroyable, la grande porte le sépare d'une possible mort...Il pose sa main sur la poignée en fonte, il a rangé son couteau à l'arrière de sa ceinture, il va entrer arme cachée, pour garder l'effet de surprise au cas où ils doivent tous les deux se battre à mort…

Il tourne la poignée et un claquement lui indique que celle-ci est désormais déverrouillée, il la pousse doucement, et passe légèrement son visage par l'ouverture pour essayer de voir à l'intérieur. Tout lui semble calme, pas un seul bruit, juste la chaleur intense de la grande cheminée qui vient saisir son visage rougit par le froid.

'Quelle fournaise ! Je dois être aux portes de l'enfer !' pense Nicolas en s'aventurant d'avantage dans cet endroit austère. Il pousse maintenant la porte en grand et tombe dans la première des deux grandes pièces principales, il n'y a personne, mais dans l'ouverture qui sépare les deux endroits, il aperçoit une lueur intense, le feu de la grande cheminée.

'Ils doivent être là-bas' pense-t-il tout bas…

Nicolas est extrêmement tendu, il avance lentement sans faire de bruit, en espérant surprendre son adversaire ! Il vérifie si son couteau est toujours prêt à être dégainé de sa ceinture :

'Il est bien là...Avec un fou comme lui je dois m'attendre à tout, je vais quand même le prendre en main, il peut vouloir essayer de me surprendre comme tout à l'heure dans l'escalier, mon menton s'en souvient !'

Il arrive à l'entrée de la deuxième pièce et là, il découvre une scène machiavélique, digne de la personnalité de son créateur ! Sa femme, ses enfants….

Sur chaque côté de la grande cheminée dans laquelle un brasier digne des feux de l'enfer fait rage, Eric a disposé un fauteuil, comme celui où son sinistre père aimait se prélasser. Il a attaché chacun des jumeaux à ces fauteuils, les bras liés avec une grosse corde sur les accoudoirs en arceaux, et il les a bâillonnés avec des foulards noirs. Leurs pieds ne touchent même pas le sol, les enfants sont encore petits mais le mot pitié n'appartient pas à son vocabulaire… Devant cette vision apocalyptique Nicolas est traversé par un frisson terrible, son cœur semble lui sortir de la poitrine. Les enfants semblent terrorisés, leurs yeux sont grands ouverts en larmes et en détresses à la vue de leur père. Au milieu des deux fauteuils, debout devant la cheminée se trouvent Eric et Clara. Il a attaché les mains dans le dos et il l'a également bâillonné. Elle semble épuisée, ses cheveux sont emmêlés, et son visage est bien pâle. Il se tient derrière elle, devant l'immense brasier de la cheminée, il lui a posé un grand couteau sous la gorge, Nicolas semble impuissant devant une telle situation…

'Alors Delamotte ! Que penses-tu de de cette situation plutôt insolite ? Tu te souviens de cette pièce j'imagine, cette grande cheminée, ces fauteuils, regardes autour de toi, tu te souviens pas ? Mon père était assis là, à la place d'un de tes fils, tu l'as assassiné !' lui lance Eric…Le foulard qui lui cachait le visage s'est détaché, laissant apparaître la figure complètement brûlée, il n'est plus qu'une cicatrice difforme. Sa peau est totalement rétractée, il n'a plus de cils ni sourcils et la moitié de sa chevelure n'existe plus. Clara tourne la tête vers lui, et malgré son bâillon elle hurle d'horreur, elle qui a connu Eric à l'époque où il était un prétendant et plutôt beau garçon, aujourd'hui c'est un monstre qui se trouve près d'elle.

Les enfants sont choqués et horrifiés, Paul s'évanouit pendant que Luc ferme les yeux préférant ne pas voir une telle « chose ».

Nicolas alerté par le cri de sa femme, approche rapidement d'Eric mais celui-ci réagit très vite :

'N'avances pas Delamotte ou je lui tranche la gorge et tu sais que je n'hésiterais pas ! Pose ton couteau au sol et vite !'

Nicolas ne sait pas quoi faire, il est piégé désormais et de plus il est désarmé.

'Laisses ma famille Eric ! Prends-moi à leur place ! Ils n'ont rien à avoir dans cette histoire. Je suis prêt à rester à leur place c'est une affaire entre toi et moi' s'incline Nicolas…

'Tu te fous de moi Delamotte ? Tu m'as volé ma vie, regardes-moi !! Tu vois quoi maintenant ? Un être humain ? NON bien sûr ! Tu vois un monstre n'est-ce pas ? Ne mens pas ! Tu m'as volé ma vie tu m'entends ? Ma vie !' hurle le Comte en pleine hystérie, sa lame étant de plus en plus en pression sur la carotide de Clara. 'Tu as tué mon père, tu t'es vengé sur un vieil homme après tant d'années…Je vais te faire payer tout ça Delamotte ! Je t'ai déjà enlevé ta mère, ton amie celle parlait trop…et maintenant ça va être le tour de ta propre famille ! Tu vas te rendre compte de ce que j'ai enduré…'

Nicolas est devant cette scène, il ne peut rien tenter mais il se refuse de rester planté là, sans rien faire, de voir sa famille se faire massacrer devant ses yeux… Il regarde autour de lui, à la recherche d'un quelconque objet qui pourrait lui servir d'arme pour se défendre face à ce démon. Il remarque à gauche de l'entrée de la pièce cette armure de Chevalier, une tenue de combat avec le casque conique à nasal, la cote de maille et sa ceinture à lanières, le plastron et une lance. Cet uniforme appartenait sûrement à la dynastie des de Montrichard depuis des générations. Nicolas a repéré la lance, elle doit faire facilement deux mètres de longueur et il remarque qu'elle est juste posée contre l'uniforme qui est maintenu par une espèce de mannequin de bois.

'Comment atteindre la lance sans qu'il ne réagisse très vite et s'en prenne à Clara ? Pense-t-il…

Il essaie de raisonner Eric :

'Eric raisonnes-toi ! De toute façon tu ne pourras pas t'échapper tu le sais bien, les gendarmes sont entrés dans le château, tu n'as plus d'hommes, tu n'as aucune issue !'

Eric de Montrichard éclate de rire, un rire diabolique et lui répond :

'Aucune issue ?! C'est que tu as cru que je comptais m'en sortir vivant ? Si je t'ai attiré ici Delamotte c'est pour en finir avec toi, avec moi et ta maudite famille ! Je n'ai plus de vie tu le vois bien, regardes moi salaud !!Vous allez tous « CREVER » !'

Au même instant un cri retentit dans la grande pièce, le commissaire Bertrand lance une mise en garde à Eric :

Bouges pas de Montrichard! Rends toi le château est sous contrôle, poses ton arme si tu veux vivre !'

Au même instant Nicolas fait avec une agilité et une détermination incroyable un pas de côté, il décroche la lance et se jette sur Eric. Clara le voyant arriver droit sur eux, pivota sur sa gauche contournant ainsi la lame de de Montrichard lequel l'apercevant foncer sur lui lâcha quelque peu sa prise. Clara tomba au sol, une légère estafilade sur le côté du cou laissant couler un petit filet de sang. Le chemin était ouvert pour Nicolas ! Eric se sentant pris au piège poussa un cri de bête et fonça sur lui.

Nicolas bloqua le bout de la hampe de la lance dans le creux du devant de sa hanche, tel un guerrier d'époque, pour avoir plus de force et empala le Comte en plein dans l'abdomen, la pointe offensive traversant son ventre et lui sectionnant la colonne vertébrale d'un seul coup ! Emporté par son élan, Nicolas propulsa d'une rage terrible le corps d'Eric dans l'immense brasier de la grande cheminée. Le Comte tomba assis dans le tas de braises ardentes, bloqué par la lance de Nicolas et s'enflamma comme un vulgaire bout de viande au bout d'un pic.

Il brûlait vif dans la gueule de la cheminée dans d'atroces cris et gestes désarticulés par la douleur intense. Nicolas regardait brûler le Diable, pensant à sa mère à cet instant et à la souffrance endurée par cette pauvre femme. Le corps était maintenant complètement embrasé Nicolas tenait toujours la lance plantée dans le corps d'Eric, crispé sur la hampe et toujours dans son combat n'ayant pas conscience qu'il était enfin terminé !

Clara qui avait été détaché par le commissaire posa sa main sur l'épaule de son mari :

'Nicolas ! Regarde-moi ! C'est fini mon amour, tout est fini, il est mort, tu peux lâcher la lance.' Il ferma les yeux un instant, la chaleur des flammes était insupportable, il se redressa, se tourna et sentit l'étreinte de sa femme autour de son corps et celle de ses enfants autour de ses jambes. 'Mon Dieu ! Vous êtes tous là, en vie, j'ai eu tellement peur ! ' dit-il avant d'ajouter :

'Partons ! Rentrons à la maison maintenant, rentrons chez nous !'

Nicolas et sa famille quitte le château, laissant le corps d'Eric de Montrichard se consumer doucement dans la grande cheminée, cette cheminée où il aimait à côté, avec son père...

Le soir, Nicolas est sur son rocking chair, il boit un bon thé que sa femme lui a préparé, les enfants dorment, elle est près de lui, ensemble ils regardent les flammes dansantes du feu qu'il a allumé.

Il n'a pas verrouillé la porte d'entrée, son esprit est libéré..

Remerciement

Merci à tous ceux qui croient en moi et qui me lisent, Merci aux buralistes qui vendent mes livres

Merci à ceux qui m'encouragent sur les réseaux et qui likent mes posts Merci à tous…merci !!

Œuvre protégée et inscrite BNF

UN GROS MERCI PARTICULIER A ISABELLE QUI A COLLABORE AU ROMAN

MERCI A TOI MA ZABOUNETTE !